王命の意味
わかってます？

主な登場人物
ランベルト・エルギ
グレチェニカ王国・王太子の側近。使者として、北部に滞在している。
クリフ・ブリーデン
グレチェニカ王国北部を統治するブリーデン公爵家の若き当主。結婚式でリリエッタを置き去りにし、初夜もボイコットするなど、嫁いできたリリエッタを蔑ろにする。
リリエッタ・ブリーデン
グレチェニカ王国南部の頂点であるサウス公爵家の次女。北部・ブリーデン公爵家の当主・クリフに嫁ぐこととなる。穏やかで柔らかい雰囲気をまとっているが、実は苛烈な性格で、敵に容赦ない。

アベル
サウス公爵家と付き合いのある、万屋ベルクの従業員の一人。
ウベル・オードバート
オードバート領主。ブリーデンに次ぐ、王国北部の大領主。
フレデリカ
隣国マローリーの伯爵家の長女で、王子と結婚し王子妃となる。
リンダ
ブリーデン公爵家の、リーダー格の侍女。クリフに蔑ろにされているリリエッタに対し、ふてぶてしい態度をとる。

Contents

王命の意味わかってます？

茅

イラスト
ペペロン

1章　置き去りにされた花嫁

グレチェニカ王国の南部を支配する、サウス公爵家には3人の娘がいた。

リリエッタ・サウスは、三姉妹の真ん中である。

南部は平均気温が体温と同等な地域なので、暑すぎてあれこれ考えたり、我慢《がまん》をしたら頭がゆだってしまう。

まあ、これは俗説にすぎないが、南部の人々は良くも悪くもため込まない。良いと思ったことは素直に口にするし、不満だってそう。

端的に表すと「俺は言うぜ。お前も言えよ」

裏表がなくカラッとしているといえば聞こえがいいが、見ようによってはその様《さま》は自制心に欠け、自己中心的に映《うつ》るだろう。

そんな南部の気風において、リリエッタは異質だった。

ふわふわとしたストロベリーブロンドの髪は重力を感じさせず、新緑のような大きな瞳は目《め》尻《じり》が垂《た》れている。

小さな顔に、華奢《きゃしゃ》な体。

おっとり。

のんびり。

彼女はそんな言葉がよく似合う少女だった。

ニコニコと笑顔を絶やさない彼女は、自己主張よりも相手の言い分を聞くことの方が多かった。口を開けば「私が……」「俺が……」と、自分の言いたいことばかり言って話が進まないのは、南部の人間にはよくあることだった。その中にあって聞き上手な彼女は浮いていたが、好かれてもいた。

そんなリリエッタの性格を、都合がいいと考えたのかもしれない。

グレチェニカの北部を統治するブリーデン公爵家へ嫁《とつ》ぐよう、王命が下った。

◆◇◆◇◆

北部は南部とは真逆だ。

我が強い人間は未熟で、開けっぴろげな言動は恥とされている。

端的に表すと「空気読めよ」

魔大陸が遙《はる》か北にあるため、魔獣が侵攻してくるのは専《もっぱ》ら北部だ。

周囲にも国はあるが、その中でもグレチェニカの北部は大きく北に張り出している。建国当初より魔獣の被害は、グレチェニカが圧倒的だった。

雪による食料自給率の低さ、寒さによる肉体への負担、外敵による恐怖。

それらの困難から心と体を守るため、北部の団結力は強い。

身内《みうち》を大切にし、その半面余所者《よそもの》には冷たい。移住者は三世代経っても、「ほら、あの家は外の人だから……」と言われてしまうくらいだ。


北部の人々は、南部の人間を嫌っている。

過去に大きないざこざがあったわけではなく、一方的に目の敵《かたき》にしている。

南部は薪《まき》も布団《ふとん》も必要ないくらい暖かく、農業も漁業もやればやるだけ成果が出る。

はぐれた魔獣が西や東に出没することはあるが、南はまずない。南部で最後に魔獣が観測されたのは50年前だ。

同じ国の民なのに、何もかも恵まれている。

苦労知らずで生きているからか、他人への配慮がなく我が儘《まま》な連中。

それが北部が抱く、南部のイメージだ。

一方的な妬《ねた》みは憎しみに姿を変え、細雪《ささめゆき》のように静かに降り積もり、いつしか巨大な壁へと育っていた。

ブリーデン前当主は、特にその傾向が強かった。

北部の代表として国に支援を求めるだけでなく、晩年を含む数年間は南部への締めつけを強く主張していた。持てる南部が、北部に物資の面で尽くすのは当然、とのことだった。

だが恵まれているとはいえ、南部は楽園ではない。

南部の土壌《どじょう》が農耕に適しているのは、定期的な豪雨による川の氾濫《はんらん》により、肥沃《ひよく》な浮遊土砂《ふゆうどしゃ》を得ていたからだ。

しかし川の氾濫は、住民の命の危険にも繋《つな》がる。人間に都合のよいタイミングで雨が降るとも限らなければ、どの程度の規模で洪水《こうずい》が起きるかもわからない。

南部を横断する長大な川沿いでは、他地域に農産物を売って作った巨額の資金を投じて、何十年も大規模工事を行っている。

橋、堤防、貯水池、運河、船の停泊所……。作らなければいけないものは年々積み上がり、ある程度消化したと思えば、次は老朽化でまた工事と、終わることなき公共事業地獄。

農業、漁業、工事と仕事に困らないが、生まれた土地から離れにくいのも南部だった。働ける年齢になったら周囲の大人の口利《くちき》きでいずれかの業種に放り込まれ、そのまま人生を終えるのが一般的な南部の人生だった。

衣食住に困ることはないが、選択肢はない。それに、開けっぴろげな性格というだけで、南部の人間は別に自分勝手なわけではない。

自分たちが恵まれている自覚があるからこそ、恩恵だけを受けて、成人後は余所の土地で好きな仕事をするという選択ができる者は少なかった。

いないわけではないが、まず里帰りはできない。故郷に残った親は、肩身の狭《せま》い思いをしながら生活することになる。


年々悪化する両者の関係に、国は頭を悩ませた。

北部の環境が厳しいのはその通りだが、だからといって自然を相手に生産し、国で賄《まかな》いきれない工事費を自分たちで捻出《ねんしゅつ》している南部から、その成果物を巻き上げることはできない。

長年、南部は日持ちする穀物《こくもつ》や乾物《かんぶつ》を北部に提供しているのだから尚更《なおさら》だ。

「国が魔獣の脅威《きょうい》に晒《さら》されないのは、北部が足止めしてくれているからだ。既に見返りはもらっている」

と、南部は無償《むしょう》でそれなりの量を送り続けている。

長雨や、季節風で収穫量が落ちた年も、「支援にばらつきがあってはいけない」と身を切っていた。これ以上を求めたら、今までのような一方的なものではなく、お互いに悪感情を持ってしまうだろう。

北部の南部への反感は、無理解によるものが大きい。

南部は北部の人間を「厳しい土地で頑張ってる人」くらいにしか思っていないが、北部の人間は「南部の甘《あま》ったれども、苦労知らずの厚顔無恥《こうがんむち》……etc.」と悪態の限りを尽くしている。

北部には及ばないが、南部にだって苦労はある。

何カ月もかけて育てた作物をごっそり盗まれたり、豊かな土地だからと難民が押し寄せてきたり、密入国者が多かったり。

それなりに生きていけるから、と余所に比べると低所得者の割合が多かったり、どこからともなくやってきた者たちが住み着いて治安が悪いのも南部の特徴だ。嫉妬《しっと》混じりの偏見《へんけん》で、北部を筆頭とした余所の連中に当てこすられることはわりと日常茶飯事《さはんじ》だ。……まあ、南部の人間は臆《おく》さず言い返すが。

◆◇◆◇◆

そこで、南と北の架け橋として、王家は南部を代表する公爵家の娘であり、人間関係の構築に定評のあるリリエッタを選んだ。

結婚相手は、このたび若くしてブリーデン公爵に就任したクリフだ。急逝《きゅうせい》した父親に代わり、21歳にして北部を束《たば》ねなければならなくなった銀髪碧眼《へきがん》の青年であり、対魔獣戦線の責任者でもある。

公爵家の男児は、民に示しをつけるために代々指揮官に就任していたが、お飾りとまではいかなくとも後方での指揮監督が主だった。しかしクリフは体格に恵まれ、攻撃魔法にも長《た》けていたので、現場で剣を振るうことが多かった。

魔導具の普及と反比例するように、魔法適性を持つ人間は減ってきている。

誰しも大なり小なり魔力を持つのだが、魔法を発動させられるほどの魔力量となると一気に数が絞《しぼ》られる。大抵の魔法は道具で再現可能なため、魔法を実用で使うのは王宮魔術師などごく一部のみ。

魔力暴走を予防するために、規定以上の魔力を持つ者はコントロールする術《すべ》を学ぶが、教養の範囲に終わる。平均魔力の高い貴族は、優秀さをアピールするのはもちろんだが、それ以上に劣っていると思われないよう、基礎魔法の過程を修了していることが肩書きとして必須《ひっす》となっている。

しかしながら、小難しい理論などは学んでいないが、戦場で鍛《きた》えられたクリフの魔力操作は、王宮魔術師のそれと遜色《そんしょく》ないレベルであり、これは非常に珍しいことであった。

そんなわけでお世辞《せじ》抜きに誰よりも腕が立つため、クリフは指揮官であると同時に精鋭が揃《そろ》った第一部隊の隊長も兼任していた。

◆◇◆◇◆

「あら、まあ」

式の最中に駆け込んできた伝令《でんれい》の口から、魔獣出現の報告を聞くなり、クリフは新婦を一顧《いっこ》だにすることなく教会を飛び出してしまった。

結婚式の真っ最中に置き去りにされたリリエッタは、行き場をなくした指輪をそっとリングピローに戻した。

彼女の手にもまだ指輪ははまっていない。

流石《さすが》に地面に投げ捨てられてはいないようなので、新郎は手にした指輪を礼服のポケットにでも突っ込んで、行ってしまったのだろう。

南部は春まきの穀物を夏に収穫し、北部は少しずれて秋の終わりに収穫するので、リリエッタの結婚式は南部の収穫期のあとに行われたが、それでも同郷の参列者は少なかった。

南部から北部へ移動するのは一苦労なので、招待客の大部分は北部の人間だ。心配そうに見てくる両親に対して、リリエッタは微笑《ほほえ》んでみせた。

「……皆様、今ご覧になったように、旦那《だんな》様は大変お忙しい方です。若いわたくしたちが、この地を治めていくためには皆様のご協力が必要です。今後も支えていただきますようお願いいたします」

1人1人の顔を見るような動きで会場を見渡したリリエッタは、最後に来賓《らいひん》席をひたと見据えた。

国王の名代《みょうだい》として出席した王太子だが、その顔色は悪い。当然だ。この結婚は自分たちが強《し》いたもので、花嫁が結婚初日にして軽んじられる様を見せつけられたのだから。

王太子が何よりも危惧《きぐ》しているのは、これによって南部が北部に悪感情を持つこと。そして南部が王家に反発するようになることだ。

正直に言って、南部は自分たちの面倒を自分で見ている状態だ。国の支援はどうしても貧しい土地を優先するので、豊かな南部は全部自分たちでやってしまっている。ぶっちゃけ独立しようと思えば、簡単にできてしまう。

南部を横切る大河は大地に恵みを与えるだけでなく、治水《ちすい》が進むにつれ交易路としても重要な役割を担《にな》うようになった。隣接する国にとっては重要な貿易ルートだ。

農作物の出荷に制限をかけ、他国の賛同を盾《たて》にされたら、グレチェニカ王国からの離反を認めざるを得ないだろう。

そうなってしまえば国は巨大な穀倉《こくそう》地帯を失い、食料の自給率が大幅に下がってしまう。食料を輸入に頼るようになれば国力そのものが低下する。

「王太子殿下。わたくしは王命を全《まっと》うするため力を尽くすと誓《ちか》います。今回の件も、後日ご報告いたしますので、予定通り王都へお戻りください。報告書を持たせる使者として、1名残していただけると助かりますわ」

「あ、ああ……。君の寛大さと、誇り高さに感謝しよう」

「嫌ですわ。指輪の交換はまだですが、わたくしはもう既婚者ですのよ」

現在進行形で晒し者にされているというのに、リリエッタの表情は穏やかなままだ。浮かべた笑みは自然で、声の震《ふる》えもない。齢《よわい》18にしてこの落ち着きよう。よほど鈍《にぶ》いか、豪《ごう》胆《たん》かの二択《にたく》だ。

やんわりと窘《たしな》められ、王太子は冷や汗をかきながら言い直した。

「失礼した、公爵夫人。……エルギを残そう。困ったことがあれば、彼に頼むといい」

王太子に指名された側近が立ち上がると、無言で礼をした。

30手前といった風体《ふうてい》のランベルト・エルギは、くすんだ金の髪を首の後ろでひとくくりにしていた。眼鏡《めがね》の奥にある理知的な瞳は、艶《つや》のある木の実のようだ。

ぱっと見は酷薄《こくはく》そうな優男《やさおとこ》だが、瞳はつぶらだ。細身で文官らしい体躯《たいく》の持ち主で、状況が状況だからか、その表情は無に等しい。

リリエッタはなんとも思わないが、人によっては対面した際に息苦しく感じるだろう。

「殿下にご配慮いただき、光栄にございます。ご参列の皆様におかれましては、別会場に心ばかりのもてなしを用意しております。どうぞご歓談ください」

融和《ゆうわ》目的の結婚なので、南部と北部両方の郷土料理が並べられている。料理を作る人間が必要だと、式の準備にはそれなりの使用人を連れてきたが、彼らは今日両親と共に南部へ戻る。

故郷を離れて、嫁入り後のリリエッタに仕えるのは、2人の侍女と、1人の従者だけだ。3人とも地元を離れられるなら、それが北の大地でも構わないという、土地に縛られることを何よりも嫌う者たちだ。

リリエッタの視界の端に、両親の嘆《なげ》く姿が映ったが、彼女は貴族らしく笑みを浮かべ続けた。

◆◇◆◇◆

結婚準備のために入城してから、あからさまに無礼《ぶれい》な真似《まね》はされなかったが、南部から来た一団は居心地《いごこち》の悪い思いをしながら滞在していた。

一度サウス公爵の従者が「言いたいことがあるなら、言ってくれ」とブリーデンの使用人に告げたところ、あっという間に「こちらはいつも通りの仕事をしていただけなのに、急に言いがかりをつけられた」という噂が流れた。

式の前に揉《も》めるわけにはいかないので、誤解を与えた旨《むね》を謝罪する形で決着となった。

その後もブリーデンの使用人たちの冷ややかな視線や、歓待とは言いがたい対応は変わらなかった。むしろあの一件で、彼らに陰口を叩《たた》く大義名分を与えてしまったと言える。

当主になって日が浅いクリフは、使用人を管理できていないのか、する気がないのか、彼らを注意する気配はなかった。


婚姻《こんいん》の儀式を終えれば、リリエッタも北部の人間として認められるだろう、というのは幻想だった。なんの気遣《きづか》いもなく、夫が妻を式場に置き去りにしたのが現実。

クリフは北部の山頂を彩《いろど》る白銀に空の青を一滴落としたような髪と、凍《い》てつく湖の底のような深い藍色《あいいろ》の瞳の持ち主だ。

狼を彷彿《ほうふつ》とさせるしなやかな体躯は上背《うわぜい》があり、リリエッタより頭2個分身長が高い。

もし彼女が夫の頬《ほお》にキスするなら、かがんでもらわなければ届かないだろう。

しかし良いのは、見た目だけ。

絵本から抜け出したような貴公子然とした容姿のクリフだが、彼は遠くから嫁いできた妻を守るどころか、率先して蔑《ないがし》ろにしてみせた。

当主がこれでは、ブリーデンの縁者や使用人たちも、リリエッタを軽んじるに違いない。

笑顔でいつも通りに振る舞う娘をハラハラしながら見ていた両親は、王太子とのやり取りでこの結婚の行く末を悟《さと》った。

「リリエッタや。婚姻は成されてしまったが、大事に至る前に離縁しよう」

「まあ、お父さま。まだ嫁いで1日も経っていないのですよ」

「いいえ、リリエッタ。旦那様の仰《おっしゃ》る通りです。両者の溝《みぞ》を埋めるための結婚なのに、更に深くしては本末転倒《ほんまつてんとう》です」

「……お母さま。この結婚は王命なのです。わたくしなりに精一杯務めさせていただきますわ」

「お前1人が責任を感じる必要はない。頑張らなくていいんだよ」

「そうよ、リリエッタ。絶対に抱え込まないで頂戴《ちょうだい》。早まった真似をしてはダメよ」

新郎不在の披露宴《ひろうえん》だが、リリエッタまで退席してしまったら当事者がいなくなる。1人で招待客の対応をする娘に、両親は説得を試みた。

ほとんどの招待客は見捨てられた花嫁を内心嘲笑《あざわら》っていたが、流石にこの会話を間近で聞いた者は良心が痛んだ。とはいえ、リリエッタの味方になるなんてことはなく、「後味《あとあじ》が悪いな」と感じる程度だったが。

◆◇◆◇◆

「君は、いつもこの時間まで寝ているのか？」

信じられないことに、これが夫となったクリフが帰宅後に初めて口にした言葉だった。

日は完全に昇りきり、あの悪夢のような結婚式から1日が経過していた。

結婚式はもちろん、初夜も放棄《ほうき》した男。本来なら、再会するなり言葉を尽くして詫《わ》びるべきなのに、挨拶《あいさつ》すらせず、食堂にやってきたリリエッタを咎《とが》めるような口ぶり。

謝罪を要求するつもりはなかったが、あんまりな態度にリリエッタは目の前の男の神経を疑った。きょとんとした表情を浮かべているが、その内心は呆《あき》れている。信じられないものを見る目で夫を見た。

事前調査によると、クリフは部下から慕《した》われており、評判は決して悪くない。隊長として上《う》手《ま》くやっているなら、コミュニケーション能力に問題があるとは思えない。

父親のような過激派ではないとのことだが、内心では南部の人間を嫌っているのかもしれない。一瞬リリエッタは、王命による結婚に反発しているのかと考えたが、すぐにその考えを打ち消した。

ダイニングテーブルを挟《はさ》んで対峙するクリフは無表情。

先ほどの言葉が嫌みであれば、もっと攻撃的な雰囲気を纏《まと》っているはずだが、そういった負の感情は感じられない。淡々《たんたん》としているというか、無頓着《むとんちゃく》で無神経な感じだ。

もし誰に対してもそうなら、人間関係のトラブルが報告されているはずなので、これはリリエッタ限定と解釈して構わないだろう。

押しつけられた花嫁に思うところがあるのか。それとも相手を問わず妻は自分の所有物と考えるタイプなのか。どちらにせよ、彼女を1人の人間として尊重するつもりはないようだ。

「……この砦《とりで》は随分《ずいぶん》人手が少ないのですね。侍女の数が足りず、朝の準備に時間がかかってしまいましたの」

「適正人数を雇《やと》っている。南部の人間は、そんなに人手を必要とするのか？　この地で生きるなら自分のことくらい、自分でやってもらわないと困る。使用人を困らせないでくれ」

砦の人事は女主人の管轄だ。

嫁ぎ先で何人雇っているか把握《はあく》していないリリエッタではない。

遠回しに、侍女が仕事を放棄していると伝えたのだが、クリフは気付くどころか、思い込みで批難《ひなん》してきた。

「……昨夜ですが、旦那様は何時にお戻りになったのですか？」

「夜中だ」

「つまり夫婦の寝室ではない場所で、お休みになったのですね」

故意に初夜をボイコットした、ということだ。

「討伐《とうばつ》を終えて疲れていたんだ。宴《うたげ》に出ただけの君とは違う」

「……そうですね。精神的疲労と肉体的疲労を比べるのは無意味です」

精神的疲労のリリエッタと、肉体的疲労のクリフ。どちらが上かはあえて言わない。

チクリと刺しても、リリエッタの雰囲気が柔和《にゅうわ》だからかクリフには全く響《ひび》かなかった。

「――結婚式を中座され、初夜も迎えていないことで、この砦の者はわたくしを女主人として認めておりません」

そもそも使用人が主人を認める、というのがおかしな話だ。就職口が少ない北部では、砦で働きたい者はごまんといる。不満があるなら、辞めてもらって構わない。替えのきかない人材はいない。

そもそも替えのきかない人材によって回っている組織は不健全だ、というのがリリエッタの持論《じろん》だ。人員が適切な歯車となり、負担を分散するのが健全な組織だ。自分が休んだら現場が回らない、では困る。

体調不良の時には我慢せず休めるのが目指すべき姿だ。

「それは君の力不足だろう。俺は忙しいんだ。女主人として認められたいなら、まず俺を煩《わずら》わせるのを止めてくれ」

「……確かに想像以上に旦那様はご多忙の様子。まさか結婚式も満足に執《と》り行えないほど、兵士が足りていないとは思いませんでした」

魔獣の襲撃は今に始まったことではない。

昨日行ったのは身内の宴会ではない、王族を招いた式典だ。

現場の人間で対処できないのは問題だ。毎度クリフ頼みというのは非常に危険なのだが、本人を含めここの人間は理解しているのだろうか。

「馬鹿にしているのか」

「いいえ、心配しております。兵士が育っていないのですか？　それとも人数が足りていないのですか？」

あまり厳しいことを言いたくなかったが、聞こえる位置で陰口を叩かれたり、朝の支度《したく》すら一苦労する現状を変えなければとてもやっていけない。

厳しい土地だからこそ、領主は砦で働く者をしっかり統率しなければ。

おそらくクリフは、当主になってからも魔獣退治《たいじ》の方にかかりきりで、領主としては最低限の仕事しかしていないのだ。クリフが砦を空《あ》けがちなので、使用人たちは好き勝手をしているのだろう。妻だけでなく、使用人も放置している。

「国防を担っているんだ。そんなわけがないだろう。しかし俺が出るのが一番被害は少ない。兵士も民だ。俺が戦うことで傷つく者が減るなら、躊躇《ためら》うつもりはない」

気分を害したようで、クリフが語気を強めた。

「……立派な志《こころざし》でいらっしゃいますが、クリフ様に何かあれば、兵士の怪我《けが》どころではございません」

「命を賭《か》けて戦っている者を軽んじるのか」

「そのような意図《いと》はございません。領主に何かあれば、現場の兵士だけでなく領民全てに影響があると申し上げたかったのです」

「俺がしくじると思っているのか」

「いいえ」

そういう話ではない。時と場合を考えずに1人に頼りきりで、頼られた方もそれを誇りに思っているのが問題なのだ。

「国一番の武人と誉《ほま》れ高いクリフ様とて1人の人間。病気や怪我はもちろん、加齢による衰《おとろ》えもありましょう。この先のことを考えて、兵士たちだけで対処できるようにすべきです」

「それはちゃんとできている。ただ俺が戦った方が、被害が少ないからそうしているだけだ」

より質《たち》が悪い。

ならば式場に駆け込んできた者は、自分たちで対処可能なのに、王命による結婚式を台無しにしたことになる。それにクリフも、やむにやまれずではなく率先してこの婚姻を軽んじていると解釈できる。

「クリフ様。この結婚は王命です。お互いに協力しなければ、南北の融和は成しえません」

「わかってる。だから大人しく結婚しただろう。こちらは君を受け入れた。これ以上俺に求めないでくれ」

「……それがクリフ様のお気持ちなのですね」

いやいや、入籍で終わりではない。大切なのは結婚後だ。受け入れたと言うが、ブリーデンの家に名を連ねることを許しただけであって、誰もリリエッタを認めていない。

話が通じないのは、王命に対する認識の違いだろう。

リリエッタは言葉による説得を諦《あきら》めた。

時間をかければいつかわかり合えるかもしれないが、せっかく王太子が側近を置いていってくれたのだからソレを利用しない手はない。

クリフを含めた砦の人間にはダメージを与えるが、彼らにはもう充分配慮した。

王家側の目撃者を確保したのは念のためだったが、改めて会話したクリフの印象が最悪だったので、リリエッタは容赦《ようしゃ》なくやらせてもらうことにした。

いつの間にかクリフの呼び方が、旦那様から名前呼びに変化している。そのことに危機感を抱く人物は、部屋の隅《すみ》に控える使用人に至るまで1人もいなかった……

◆◇◆◇◆

叱責《しっせき》というよりは、窘めるような声が小さな空間に響いた。

「わたくしは領主の妻です。女主人にこのような対応をすることが、この地ではまかり通るのですか？」

リリエッタには実家から連れてきた侍女が2人いるが、言い方を変えれば2人しかいない。

彼女たちも人間であり、人間には休息が必要だ。結婚式の準備から空振《からぶ》りに終わった初夜まで、彼女たちには一昼夜連続で勤務させてしまったので今日は休みを言い渡している。

朝の洗顔もそうだが、湯を使う時にはそれなりの人手がいる。

入浴用に冷えきったお湯——そもそも最初から加熱されていない可能性がある水を持ってこられ、リリエッタは静かに咎めた。

「女主人」

と鸚鵡《おうむ》返しした侍女がプッと噴き出した。

「領主様に見捨てられている、お飾りの妻ではございませんか。この砦に置いてもらえるだけ、ありがたいと思っていただかないと」

リーダー格の侍女が口の端を吊《つ》り上げた。

侍女の中では、飛び抜けて髪や肌の手入れが行き届いていて、年の頃もリリエッタとそう変わらない。

王命がなければ、彼女が領主の花嫁候補だったのかもしれない。

「歓迎されていない客人をもてなす余裕はございません。ここで生きていきたいなら、わきまえてくださいい」

主人に対して正気とは思えない無礼だが、周囲はそれを窘めるどころかクスクスと笑った。

今までも勤務態度に問題ありだったが、ここまでふてぶてしくはなかった。昨日まではこれ見よがしにこそこそ言われるだけだったので、朝のクリフとのやり取りが使用人の間で広がった結果だろう。

彼女たちにしてみればかなり露骨《ろこつ》な言い回しをしているのだろうが、所詮《しょせん》は北のお嬢様。南の淑女《しゅくじょ》たちに比べれば大人しいものだ。陰湿さは優《まさ》るが、迫力や攻撃力が弱い。この程度ではリリエッタは傷ついたりしない。

「……この砦にわたくしを女主人と認めている者はいるのかしら」

「いるわけないでしょう。みんな『厄介《やっかい》なお客様』に迷惑しています」

「でも口頭での『みんな』なんて信用できないわ。……そうね、わたくしを女主人と認めない人間がどれくらいいるのか確認したいわ。早急に署名を集めて頂戴」

「は？」

「砦内の情報の伝達は早いようだから2日以内に提出してね。結果をクリフ様にお見せして、今後の対応を考えます」

激高《げっこう》もしくは、傷つく姿を想像していた侍女たちは、ふんわりと応じるリリエッタに虚をつかれた顔をした。


翌日。

怠惰《たいだ》な者たちだったが、公然とリリエッタを叩けるまたとないチャンスに嬉々《きき》として動いたために、署名は1日も経たずに完成した。

リリエッタは手に入れた書類を、執務室《しつむしつ》にいるクリフのところに持っていった。

「なんだこれは」

「わたくしを女主人と認めない者たちの署名です」

綴《と》じられた紙の束には、冒頭に何に関する署名か明記されていた。

「見ればわかる。俺が聞きたいのは、何故《なぜ》そんなものがあるのかということだ」

「現状を理解していただくためです」

「随分手間《てま》をかけた当てこすりをするんだな。君がそんなに嫌みな人間だとは思わなかった」

「……クリフ様はこれを見てなお、そのような結論に至るわけですね」

「周囲に受け入れられないのは、君の努力が足りていないからだ。あれこれ要求して、通らなければ攻撃する。そんな人間に領主の妻は務まらないぞ」

クリフは昨晩も初夜を放棄した。

彼に抱かれたかったわけではないが、蔑ろにされたことでリリエッタの心は冷え込み――容赦はいらないと、今は熱くたぎっている。

だが表面上はいつものリリエッタだ。やんわりと微笑み、言葉にも乱れはない。

「――お二人とも、今の会話をお聞きになりましたわね」

この部屋にいるのは領主夫妻だけではなかった。

不在がちな領主と、外からやってきたばかりの領主夫人に代わって砦の運営を取り仕切っている家令《かれい》と、王太子が置いていった側近のランベルトも同席していた。

「家令。火の世話などどうしても手が離せない場合を除いて、砦で働く者を全て集めてください」

「おい、使用人の仕事の邪魔をするな」

「上の者がどういった方針なのか知らなければ、そちらの方が使用人を混乱させます。効率的かつ誤解のないように周知するには、集会を開くのが一番です」

笑みを浮かべているが一歩も引く様子のないリリエッタに、クリフは「南部の人間はこれだから……」と不満を漏《も》らした。

何をもってして「これだから」なのかは言わなかったが、きっと自己主張が強いとか我が儘などと思ったのだろう。

◆◇◆◇◆

急な招集にざわめいていた使用人たちは、数分もすれば水を打ったように静まり返った。

「このたびの結婚は、国王陛下の命によるものです。これは王の命令に刃向かう者のリストであり、領主は彼らを見逃しています。北部――少なくともこの砦では、王家の決定に異を唱《とな》えることを容認しております。国の安寧《あんねい》を脅《おびや》かす、危険な思想の持ち主です。王太子殿下にご報告ください」

衆目《しゅうもく》を集める中、リリエッタはランベルトに署名を手渡した。

「おい！　なんでそうなるんだ!?」

「残念ながらこの地の領主は、王命の重さを理解していないようです」

リリエッタはクリフを無視した。

「正当な血統の持ち主ではありますが、危険人物を北部の代表として頂《いただ》くのは問題かと」

「誰が危険人物だ！」

「初夜を拒否し続けているのは、王命に抵抗されているからでは？」

「違う！」

「では男性機能を失っていらっしゃるのですね。そういうことなら早く仰ってくださいな」

「そっ、そんなわけあるか！」

公衆の面前で不能扱いされて、クリフは怒りと羞恥《しゅうち》で赤くなった。

「男性機能が正常なら、ますます問題です。危険思想の持ち主でないなら、己《おのれ》の振る舞いがどんな結果をもたらすのか想像もできない浅慮《せんりょ》な人物ということになります。余計《よけい》な火種《ひだね》を生まないよう、直《ただ》ちに断種《だんしゅ》して養子を迎えなければ」

「んな⁉」

「どうやらクリフ様に、領主の任は荷が重いようです。これだけの不穏《ふおん》分子を野放《のばな》しにしているのがその証拠。彼には魔獣戦線に集中してもらい、後継者が育つまでは、領主の仕事はわたくしが肩代わりいたしましょう」

お飾りの妻にされたので、お飾りの領主でお返しする。

お前は一生前線で戦っていろ。

（執務室に）オメーの席ねぇから。戻ってこんでよろしい。

あんまりな提案に、クリフだけでなくランベルトも絶句した。

「署名とは誰にも強制されず、自らの意思で行うものです。リストに名前がある人物をこのまま雇い続けるわけにはいきません。反乱を未然に防ぐために、適当に分散させて西部の鉱山《こうざん》に送りましょう。あそこはいくらでも人手が欲しい場所ですからね」

国の西部には、魔石を発掘している鉱山が何カ所もある。魔導具の普及に比例して動力源となる魔石の需要は年々高まっているが、発掘作業中は瘴気《しょうき》に晒されることになるので、従業員が病気にならないよう勤務時間には上限がある。

短時間でも大なり小なり心身が汚染されるので、好んで働くような場所ではない。

「横暴だ！　君にそんな権限はない!!」

「わたくしの権限は関係ございません。王命に違反した者たちを罰《ばっ》するのは王家です。――ですよね？」

これでなんの罰も与えなければ、王の沽券《こけん》にかかわる。

リリエッタとて今、口にした要求がそのまま通るとは思っていないが、お咎めなしで終わらないよう釘《くぎ》を刺した。

署名を受け取ったものの、とても立ち去れる空気ではないのでランベルトはリリエッタの側《そば》にいた。迂闊《うかつ》なことを言えない立場なので、彼は罰については触れず、

「私は殿下にありのままを報告するのみです」

と告げた。

「クリフ様。この先も領主であり続けたいと願われますか？　わたくしを妻として尊重し、良き夫となられるつもりはございますか？」

一方的に断罪すれば、恨《うら》まれかねない。リリエッタは追い詰められたクリフに、選択肢を与えた。

「それは……」

戦場では素早い判断を求められるが、リリエッタに奇襲で外堀《そとぼり》を埋められて答えあぐねているのだろう。

考えなしに「誰がなんと言おうと領主は俺だ！」とか、「ちゃんと妻として遇《ぐう》しているだろう」などと言い放てばそれまでだったが、クリフは踏みとどまった。

「この場でわたくしを女主人としてお認めになると宣言してくださいまし。王家から沙汰《さた》が下るまでの間、責任を持って砦の運営と、使用人の再編成にあたらせていただきますわ」

王家がどんな処罰を与えるかわからないが、リリエッタは暫《しばら》くこの場所で生活することになる。王太子に宣言した通り、力を惜しまず少しでも居心地を良くするつもりだ——領主代理として。

「……ッ領主の妻としての権限を与えよう。責任を持ってことにあたってくれ」

「承《うけたまわ》りました」

貴族の妻は、非常時には夫の代行を務めるのが常。クリフに沙汰が下るまでの間は、リリエッタがこの砦の最高権力者だ。

サウス夫妻の予想は的中した。

おっとり、ふんわりした印象のリリエッタだが、実は三姉妹の中で一番苛烈《かれつ》な性格をしてい

る。敵には容赦がなく、子供の頃は揶揄《からか》ってきた少年を片っ端《ぱし》から泣かせてきた。

成長するにつれ、怒りをコントロールする術を身につけたリリエッタ。

反射的に言い返さないようグッとこらえ、数を数えて気を静めている。感情に任せた発言をしないよう、諸々《もろもろ》セーブして話しているから聞き役になっているように見え、のんびりした印象を与えているにすぎない。

その証拠に我慢を止めたら、話す速度が本来のスピードに戻る。穏やかな微笑みは、単なる顔立ちの問題であり、リリエッタは適当に愛想《あいそ》笑いをしているだけだ。

「これよりエルギ様は、多くの者の運命を変える書類を、王太子殿下の元へ届けなければいけません。クリフ様、道中で殿下の側近が亡き者にされないよう護衛をつけてください。もしエルギ様が命を落とすことがあれば公爵家の落ち度ですわ」

この場には、砦で働くほぼ全ての者が集められている。中規模な村に換算《かんざん》すれば、おおよそ2つ分の頭数《あたまかず》だ。

もし共謀してランベルトとリリエッタを殺したとしても、この人数で完璧に口裏を合わせるのは不可能だ。

リリエッタがこのような集会を開いたのは、吊るし上げだけが目的ではない。多くの証人の前で牽制《けんせい》することで、自分たちの命を守ろうという意図もある。

「それにわたくしも、今回は強引な手段をとりました。この先、命を狙《ねら》われるおそれがあります。妻を守るのは夫の役目。クリフ様には、わたくしの護衛になっていただきたく思います」

「俺が!?」

「ええ。もしわたくしが死ねば、それはクリフ様の責任です」

言い逃れできないよう、責任の所在を明らかにする。

相変わらずの仏頂面《ぶっちょうづら》だが、それでもクリフが動揺していることは伝わってきた。揺れる瞳にあるのは驚きと戸惑《とまど》いだけで、リリエッタへの嫌悪は見られない。

その姿を見てリリエッタは覚悟を決めた。

どんな場所でも大なり小なり苦労する。

リリエッタは少々苦労が多い地に嫁ぐことになり、少々教育が必要な夫と番《つが》うことになっただけだ。

なんの落ち度もない完璧な場所などありはしない。

大事なのはその問題が改善できるものなのか、自分の許容範囲かどうかだ。

「よろしくお願いいたしますね。――クリフ様」

雪解《ゆきど》けに顔をのぞかせる可憐《かれん》な花のような笑顔で、リリエッタは宣戦布告した。

2章　夫婦未満

「お父様。リリエッタから手紙が来たのでしょう？　なんと書いてあったの？」

浮かない顔をした父に声をかけたのは、サウス公爵家の長女・アマーリエだ。

「口で言うより、読んだ方が理解できるだろう……」

言葉で説明しにくい話なので、公爵は手紙を見せた。


「――まあ！　やるじゃない！」

「ねえ、何が書かれているの⁉　わたくしにも見せて‼」

父と姉のやり取りを見守っていた、三女・リリエルが身を乗り出した。

「――……格好いい。将来はリリエッタお姉様のようになりたいわ」

一通り読み終えたリリエルは胸の前で手を組むと、目をキラキラさせた。

「勘弁《かんべん》してくれ！」

「あらお父様。あの子ならどこに行ってもやっていけると踏んだから、あの北部に嫁がせたのでしょう。今更、常識人ぶるのはお止《よ》しになって」

アマーリエは、頭を抱える父を鼻で笑った。

「あの子は昔から見込みがあったわ。虎視眈々《こしたんたん》と機会をうかがい、ここぞという時に決断する。流石わたくしの妹ね」

腕組みしながらしたり顔で頷《うなず》くアマーリエ。弟子の成長を喜ぶ師匠《ししょう》のような態度だが、リリエッタがアマーリエに師事したことは一度もない。いや、反面教師としてなら、そこそこ優秀な師だったと言えるだろう。

この通りアマーリエは勝ち気で言葉も強い。子供の頃から思い立ったら即行動だったので、姉妹の中では一番やらかすことが多かった。

おかげで2人の妹たちは、率先して失敗してくれる姉の背中を見て育った。

「ところでお母様は?」

アマーリエはこの場にいない母親について触れた。

「伯爵夫人の屋敷でお茶会だ。北部の結婚式がどんなものだったか興味があるらしく、こちらへ戻ってきてから連日引っ張りだこだ」

「お腹がタプタプになりそうね」

「胃が痛い、と言っていたよ」

連日出される茶菓子《ちゃがし》による胃もたれなのか、神経性の胃炎なのか。精神的なストレスが原因だったとしても、それが遠くに嫁いだ娘の安否《あんぴ》を憂《うれ》いてのものではないことは確かだ。

「それにしてもベルクの名前を出すなんて、随分物騒《ぶっそう》じゃない」

手紙の前半は近況報告だが、後半は実家に対する支援の依頼だ。

それなりの量だが、南部の貴族の基準では常識の範囲内に収まっている。

問題は、荷運びにベルクを指定したことだ。

ベルクはサウス公爵家御用達《ごようたし》の、『荒事《あらごと》専門のなんでも屋』だ。


南部の治安は悪い。

だが領主や商家が私兵を抱え込むと、「あの家は物騒なことを企《たくら》んでいるのではないか」と警戒されてしまう。

故に治安維持の一環として、南部ではベルクのような傭兵《ようへい》未満の民間組織が商売として成り立っていた。

「寒い土地は食材が腐《くさ》りにくいと聞きますが、しにくいだけで腐敗《ふはい》しないわけではありませんもの。むしろ臭《にお》いが広がりにくいから、腐っても気付けないのかもしれませんわ」

リリエルの意味深《いみしん》な言葉に、アマーリエは不敵な笑みを浮かべた。

「まあ。うちのリリエッタなら、心配無用でしょうねっ！　お父様。他の依頼が入る前に、ベルクに遣いを出してくださいな。ガルテンとアベルは絶対にメンバーに入れてくださいね」

暦《こよみ》の上では秋だが、南部はまだまだ暑い日が続く。

並んでソファに腰掛けた姉妹は、綿モスリンのシュミーズドレスを着ていた。

この地の貴婦人は、1年の半分以上を蒸《む》れず、締めつけず、通気性の良いシュミーズドレスで過ごしている。

2人はリリエッタと違い、猫のように目尻がキュッと上がっている。

よく似た姉妹だが長女はくるくると弧《こ》を描く巻き髪で、三女は滑《なめ》らかに流れ落ちる真っ直《す》ぐな髪をしている点は異なる。

きっとあと数年してリリエルが成熟した大人の女性になったら、アマーリエと瓜二《うりふた》つになるだろう。髪型を変えたら、入れ替わってもわからないかもしれない。

ふわりとした衣装も相まってニンフのような出で立ちの2人だが、その正体は妖精の皮を被《かぶ》った捕食者だ。

気に入らない奴がいたら食らいつく、弱っている奴を見つけたら食らい尽くす。どうしてこうなった。

「どうしてうちの娘たちはこうも好戦的なのか……」

「親の教えが良かったからですわ！」

「昔の自分を殴《なぐ》りたい」

今でこそ丸くなっているが、かつてのサウス公爵夫妻は大層血気盛《けっきさか》んだった。

家族団らんの時間に夫人が社交界での戦況報告をしたり、公爵が貴族的喧嘩《けんか》の必勝法を伝授《でんじゅ》したりしたために、三姉妹はイイ性格に育ったのである。

戦歴を自慢したい。持論を語りたい。どちらも家の外で吹聴《ふいちょう》するわけにはいかないので、夫妻は子供たちに聞かせた。当時は人生の先輩として、ためになる教えのつもりで気持ちよく語っていたのだが、たぶん……いや絶対あれが原因に違いない。

親から英才教育を施された娘たちは、揃いも揃って戦闘民族マインドに成長した。


サウス公爵家を継ぐためにアマーリエは婿《むこ》をとった。

本人はこの通り好戦的だが、夫は優秀でそつのない男だ。同じ屋敷に住んでいるので、アマーリエがやらかしたとしても親がフォローできる。

また南部の頂点に君臨する公爵家なので、地元であれば多少の融通《ゆうずう》はきく。

だがリリエッタは、遠く離れた土地に嫁いでしまった。

「リリエルや。お前の夫は、絶対に南部の男にするからな」

「ええー。わたくし王都に行きたいわ」

「お前くらいの年なら、華やかな都会に憧《あこが》れるのもわかる。しかしお願いだから、私たちの目の届くところに嫁いでおくれ」

「違うわよ。宮廷貴族の妻になって、夫の出世争いに奮闘したいの！　内助の功でライバルどもを蹴落《けお》としてやりたいの！」

より酷《ひど》い。絶対に止めてくれ。

サウス公爵は胃の痛みを感じた。これはストレスが原因だ絶対。

◆◇◆◇◆

そしてここにも1人、胃の痛みを抱える者がいた。

王太子のフリッツだ。

クリフ・ブリーデンは王命に従い、リリエッタ・サウスを娶《めと》った。

しかし彼は多くの列席者の前で花嫁を軽んじた。

元々南部の人間に良い感情を抱いていなかった者たちだ。夫であり北部の支配者でもあるクリフに倣《なら》って、周囲はリリエッタを蔑ろにするに違いない。

北部は間もなく雪に閉ざされる。

ついうっかり窓を閉め忘れていた、ついうっかり外に置き去りにしてしまった等々、事故に見せかけて殺す手段はいくらでもある。

だが危害を加える可能性がある、というだけで、王太子にすぎないフリッツが、国王の決定を覆《くつがえ》すことはできない。クリフたちを罰することもそうだ。

いくらこの国が封建制だからといって、「あいつはやりかねない」なんて理由で家臣を裁くことはできない。

一応王家と諸侯の間に主従関係はあるが、広い領地を持つ大貴族は地方において絶大な権力を有しているので、明確な罪科でもなければ王族であっても従わせるのは困難だ。

だからこそ各地方を代表する家を婚姻という手段で結びつけることで、自主的な融和を促そうとしたのだ。

ノックの音に応《こた》えを返せば、北部に置いてきた側近が入室した。

「ランベルト・エルギ。ただいま戻りました」

「ご苦労だった。してそれは？」

帰還の挨拶に訪れたのかと思いきや、片腕に書類の束を抱えている。

「これは不穏分子のリストにございます」

「は？」

部下の口から砦の一件を聞き、フリッツの胃痛は頭痛に進化した。

「――……なんともまあ、豪胆なことだ」

「ええ。10代の少女とは思えぬ立ち回りでした」

「それにしても王命はおろか、身分制度すら理解していない者がこんなに多いとは……。頭の痛い話だが、これはチャンスだな」

数分前までリリエッタの身を案じていたフリッツだが、為政者《いせいしゃ》として彼女が置かれた状況を利用することにした。

「エルギ、お前には北部に戻ってもらいたい――」

◆◇◆◇◆

「――というわけで、戻ってまいりました」

あっけらかんと告げるランベルトに対する、ブリーデン夫婦の反応はバラバラだった。

「まあ！　わたくしとしては、一部始終を知る方に滞在していただけるなら頼もしい限りです。歓迎いたしますわ」

「……部屋を準備しよう」

顔を綻《ほころ》ばせるリリエッタと、渋面《じゅうめん》のクリフ。

リリエッタはともかく、負の感情を表に出すクリフにランベルトは苦笑した。

(領主として少しは取り繕《つくろ》えないんですかね)

ランベルトは貴族ではない。平民出身の文官だが、王太子に仕える身だ。

初対面の時からクリフを無愛想《ぶあいそう》だと思っていたが、こうして対面すると悪い意味で感情豊かな男だ。反対に、リリエッタの方は常に笑顔で本心が読めない。実に貴族的で隙がない。

「このたびリリエッタ様は大胆な粛正《しゅくせい》をなさいましたからね。沙汰を待つ者だけでなく、断罪を免《まぬが》れた者の中にも領主夫人を快く思わない人間は多いでしょう」

王家が取り持った婚姻が恙《つつが》なく遂行されるよう見守るため——大規模な断罪を行ったリリエッタが恨まれて、危害を加えられないよう暗に見張るために、ランベルトは北の大地に舞い戻り、ブリーデン領に滞在することになった。


この砦はブリーデン公爵の主城だ。

北部で最大の面積を持つ領地なので、出城《でじろ》も何カ所かあるがそちらは城代《じょうだい》に任せている。

北部にある城は、非常時に籠城《ろうじょう》できるよう、堅固な外郭《がいかく》を有している。

領主の居城の周囲に内郭、その外に城下町が広がる城郭都市だ。

ここ数十年で魔導具は飛躍的に発達し、人里まで魔獣が到達することはほとんどなくなった。しかしそれ以前は、北部の広い範囲で魔獣の出没が確認され、特に人の多い地域は被害が大きかった。古い都市ほど侵略戦争ではなく、魔獣から身を守るための都市作りの名残《なごり》がある。

今は魔獣の出現を感知し速《すみ》やかに伝達する道具が普及しているので、木で作った簡易な塀《へい》で守られた村も多い。これらの塀は野盗や野犬から自衛する目的で作られている。

ランベルトに現状を聞かれたリリエッタは、素直に答えた。

「そうですね……。領主代行を務めるにあたり、信頼できる方が少ないというのは心許《こころもと》ない限りです」

「私が王都に戻っている間、例のリストに名がある者はどうされたのですか？」

「沙汰を待つ間、ここに置いておくのは危険ですからね。採石場と岩塩坑《がんえんこう》が人手を欲していたので、そちらに出向《しゅっこう》という形にしております」

もちろん現場監督には事情を説明済みだ。

左遷《させん》された連中に迎合して、リリエッタを排斥《はいせき》しようとしないよう釘を刺している。

「現在新しい使用人の募集をかけているところです。人手が足りないのでエルギ様にご不便をおかけすることもあるかと存じます」

これを機に人員の数も見直したいところだ。

「お気になさらず。むしろその不足した人員を埋める形でこき使ってくださって構いませんよ。役目としては監視ですが、実際することがありませんからね。手持ち無沙汰《ぶさた》はいささか居心地が悪い」

日がな1日、護衛となったクリフと並んで、周囲に睨《にら》みをきかせるだけの毎日というのは中々に辛《つら》いものがある。

「実は書記官の数が足りず困っておりましたの。遠慮なく頼らせていただきますわ」

驚くことに、高官の中にも署名した人間がいた。皆の頭脳として働いているくらいなので、教養高い人々のはずなのだが嘆かわしいことだ。

「お手柔らかに」

ランベルトの言葉に、リリエッタは笑顔で応えた。

本人から言い出したのだから、しっかり働いてもらおう。

聞けばランベルトは貴族出身ではない。平民だった彼は商家に奉公していたが、その聡明さを見込まれて書生となり文官試験に合格。平民出の文官はそれなりにいるが、多くは裕福な家に生まれ、幼い頃から家庭教師による教育を受けている者ばかりだ。

10代半ばから勉強を始め、ほぼ独力で試験に合格したランベルトは別格だ。後ろ盾のない彼は、その優秀さも相まって配属時に揉めて、最終的に王太子の側近に収まったという。

そんな逸材《いつざい》が、リリエッタの指揮下で働いてくれるというのだ。渡りに船とはまさにこのことだろう。

「さしあたっての仕事は、現状把握です」

先代ブリーデン当主は、心臓発作でこの世を去っている。

倒れる寸前まで通常通り仕事をこなしていたというので、まずリリエッタは先代が亡くなった時から5年前までの契約書、勘定書を集めるよう命じた。お互いに有耶無耶《うやむや》になってしまうのを避けるため、この国の契約は長くても5年更新だ。

更にここ10年間の税収、産業について記された帳簿《ちょうぼ》も確認することにした。

リリエッタは書類関係の確認が終わったら、備蓄《びちく》を把握しようと決めた。

「……これは中々壮観ですね」

帳簿と書類の山を前にしても、ランベルトは軽く苦笑しただけだった。

他の書記官たちは、机に1冊1冊と積み上がるたびに目が死んでいき、無表情になっていったのだが、彼にとっては苦労のうちに入らないらしい。

「契約に関しては漏れがあるかもしれません。分類が終わったら、各部署の責任者を呼んで口頭で成立しているものがないか確認をとるつもりです」

「ああ、こういった場所ではよくありますからね」

地元民の前で「田舎」とか「なあなあで済ませてしまう人たち」とは言えないので、ランベルトは言葉を濁《にご》した。

「クリフ様。他人事《ひとごと》ではございませんよ。王家の沙汰を待つ間は当主として決済できないだけで、今もこの地の領主はあなたなのです」

「だが俺は……」

言葉に詰まるクリフの姿を、リリエッタは迷子《まいご》になった子供のようだと思った。

断罪の日から今日まで、リリエッタはクリフを注意深く観察していた。

そして疑惑が少しずつ確信に変わった。

クリフは当主としての教育を受けていない——


先代ブリーデン当主には2人の息子がいた。

クリフは、兄ウォルトが雪崩《なだれ》で亡くなったことにより、繰り上がりで跡継《あとつ》ぎになった。

先代の死は1年前、ウォルトの死は3年前だ。

世間一般では、次男は長男に何かあった時のスペアだ。もし何もなくても兄の補佐ができるように教育を施すのが普通。

しかしクリフはその最低限の教育も受けずに、武だけを磨《みが》き前線に配置されている。加えてウォルトの死後、充分な時間があったにもかかわらず、クリフは政務については無知同然。常識的に考えておかしい。

基本的に代替わりのあとは、目が回るような多忙な日々を送ることになるのだが、彼は当主就任後も、就任前とほとんど変わらない生活を送っていた。

これは領地が平和だからとか、彼が優秀だから混乱が少なかったという話ではない。先代が存命の間に引き継ぎを行っていたとしても、就任後に改めて地元の有力者と顔合わせを行い、契約や財政を見直すのが通例だ。

ではクリフは当主として何をしていたかというと、家令が持ってきた書類に目を通して決済していただけ。その書類もかなり厳選されたもので、必要最低限だ。

内容が理解できないものは、家令に解説してもらいサインをしたとか。

クリフの話を聞いたリリエッタは、頭が痛くなるを通り越して怒りで沸騰《ふっとう》しそうになった。

歪《いびつ》な公爵家。しかしそれには何かしらの理由があるはず。

リリエッタは夫を教育すると同時に、原因を探ることにした。

◆◇◆◇◆

書類の整理が終わったあとは、内容におかしな点がないか、漏れがないか検証するために厨《ちゅう》房《ぼう》、厩舎《きゅうしゃ》など各所の責任者を集めた。

案の定、口約束の取り引きが次から次へと出てきたので、書記官たちは聞き取った内容を紙に記録した。十数年前に東大陸の製紙技術が伝わってから羊皮紙《ようひし》はすっかり廃《すた》れ、貴族から平民に至るまで紙が使われるようになった。

しかし筆記具は羽ペンのままだし、蝋板《ろうばん》は今も現役だ。尖筆《せんぴつ》で書いた文字を、筆の反対側についているヘラで削《けず》って消せる蝋板は、再利用可能なメモとして優秀だ。欠点があるとすれば、木の板に蝋を塗っているので重くかさばることくらい。

そしてリリエッタの予想通り、精査を進めると様々な問題が発覚した。

契約を更新しなかったことで切られた業者や、使用人が適当な契約を結んで余分な支払いをしていた業者、身内に仕事を依頼して癒着していた等々が明らかになったのだ。

「あのっ！　薬に関してですが、取り引き額を見直していただくことはできないでしょうか」

現在の取り引きが妥当かどうか、リリエッタが意見を募ったところ1人の男が挙手をした。

集会のことが記憶に新しいのか、リリエッタを見る目には怯《おび》えが滲《にじ》んでいる。

「隣国から安い薬が流れてきていて、市民はそっちを買っちまうんです。市《いち》を見てください。あんな値で売られたら、みんなそっちに行くに決まってる。そんな状態が何年も続いていて、今まで通りの値じゃもう限界なんです」

冬になれば、北部は雪に閉ざされる。

積雪量に地域差はあるが、他の季節に比べて外出しにくくなるのは変わらない。気軽に診療所に行ったり、医師を呼んだりできないので、各家庭で薬を備蓄するのが習わしだ。

他の地域に比べて、北部は一般市民の医薬品購入額が大きい。それが輸入品に流れてしまえば、国内で薬を生産している者は苦しい状況に置かれることになる。

市場は自由競争だが、このままでは商売が立ち行かなくなり廃業する者が出てくる――否《いな》、年単位で続いているというなら、もう出ているに違いない。

輸入頼りになってしまったら、もし流通がストップした時に北部の医療が破綻《はたん》してしまう。他の地域でも製薬は行っているが運送料が上乗せされるので、地元の製薬産業を捨てるという選択肢はない。

「わかりました。市場への安易な介入は避けるべきですが、生活必需品は領主として保護すべき産業です。早急に調査を行います」

急に関税を引き上げたら、今度は安価で購入することに慣れてしまった市民の生活に影響を与えるので、現場を確認して案を出さなければいけない。

思えば、リリエッタは北部に来てから外出したことがない。良い機会なので、城下町を視察することにした。

リリエッタが色好《いろよ》い返事をしたことで勇気が出たのか、次々に意見が出てきた。

価格の見直しに限らず、当事者たちも何故こんなことをしているのか疑問に思っていた取り引きについてなど、現場の率直な意見を聞くことができた。

◆◇◆◇◆

「クリフ様。今日の夜ですが、お時間いただけますか？」

「夜!?」

「あら、一体何を想像されたのかしら」

首まで赤くしてまごつく夫に、リリエッタは悪戯《いたずら》な笑みを浮かべた。

「……改めてしょ——式の時は悪かった。こちらは余所も——ええと、北部出身ではない人間に、北の頭領《とうりょう》であるブリーデン公爵夫人の座を差し出すのだからそれで充分だと思っていた」

「娶ってやった、という認識だったのですね」

「それはその……そうだ」

「王家とはいえ、他人からの命令で余所者に高い地位を与えるなんて業腹《ごうはら》ですものね」

「おい！　リリエッタ！」

クリフが言い直した「余所者」という言葉を、リリエッタは躊躇いなく口にした。その上、王の決定に対して不敬ともとれる発言だ。

「今ここにはわたくしたちだけ。まさかわたくしの旦那様は、妻の不敬を吹聴したりはいたしませんでしょう？」

「その不敬を逆手にとって、君は俺や他の者たちを窮地《きゅうち》に追い込んだんだが……」

「そうです。クリフ様が告げ口したところで、他に証人がいなければ逆恨《さかうら》みによる捏造《ねつぞう》と思われてお終《しま》いです」

ころころと笑うリリエッタだが、言っていることは中々辛辣《しんらつ》だ。

彼女が言った通り、この回廊《かいろう》にはクリフとリリエッタしかいない。

「話が逸《そ》れてしまいましたね。寝る前にお茶の時間を設けたいと思います」

「お茶？　それは南部の風習なのか？　それとも今時の夫婦はそのような時間を持つものなのか？」

「これはわたくしが個人的に発案したものなので、余所がどうかは存じませんわ。今のやり取りでも明らかなように、わたくしたちは相互理解が足りません。お茶を1杯飲む間だけでもいいので、1日に1回は2人で話す時間を作るべきだと思いますの」

「そう、だな」

「手頃な場所があれば良いのですが、なければ夫婦の寝室を使いましょう」

「それは――」

「そう構えないでくださいな。お茶を飲んでお話しするだけです。それ以上のことはいたしません」

「だが、王命を遵守《じゅんしゅ》するというのなら」

「その王命を遵守しなかったが故に、沙汰を待っている期間です。もし婚姻の撤回や離縁を命じられた場合に面倒なことにならぬようにいたしましょう」

遠回しに体を重ねるつもりはない、とリリエッタは告げた。

あの日交換しそびれた指輪は、鏡台《ドレッサー》の引き出しにしまわれたままだ。

結婚式から今日に至るまで、自ら初夜をスルーしていたクリフだが、相手からキッパリと拒否されると堪《こた》えた。別にリリエッタに惚《ほ》れているわけではないがショックだった。

(そうか。きっとリリエッタも今の俺と同じ気持ちだったんだな)

好いた惚れたの感情がなくても、拒絶されたら辛いのだ。

初めてとなる夜のお茶会の時間。リリエッタが部屋に向かうと、そこには既にクリフがいた。

「リリエッタ。すまなかった」

「……それは何に対しての謝罪ですか？」

いきなり頭を下げられたところで、「はい、許します」とはいかない。

心が読めるわけでもないのだから、ちゃんと言葉にしてもらわないと困る。

「結婚式と、……初夜のことだ」

（そういえば、昼間も言い淀《よど》んでおりましたわね）

以前は平然としていたのに、今更気恥ずかしく思うようになったらしい。

おそらくリリエッタを１人の女性として意識するようになったからだろう。

「遅いと思われるだろうが、逆の立場になったことでようやくわかった。俺のことをなんとも思っていなかったとしても、拒絶されれば辛いのだと。俺が君にしたことは拒否というか、無視というか……とにかく君の立場や気持ちを軽んじたのは間違いない」

（わたくし、クリフ様を拒絶したかしら？）

心当たりがないが、少なくともクリフはそう感じたらしい。

「わたくし、別にクリフ様を拒絶したつもりはなかったのですが、もしそのような印象を与えたのなら謝罪いたします」

「リリエッタは悪くない。今は俺が謝る場で、君が謝罪する必要はない」

「いいえ、別件なのでどちらが謝る場とかではございません。そのつもりはなかったけど、お互いに相手を拒絶してしまった。だから相手を傷つけたことを詫びたい――それでよろしいかと」

具体的にどんなやり取りでリリエッタが拒絶したと感じたのか質問したが、クリフは答えようとしなかった。

「はっきり言っていただかないと、繰り返してしまうかもしれません。すれ違いの芽は潰《つぶ》しておくべきです」

「いや、しかしこんなことを口にするのは……」

「当人が説明を求めているのですから、言ってください」

「だが……」

よほど言いたくないのか、珍しく――否、久しぶりに頑《かたく》なな態度だ。

「そこまで嫌がられるなら無理にとは申しませんが、今後は思ったことがあれば抱え込まずに言ってくださいね。気持ちを伝えるのは、恥でも悪いことでもないのですから」

「ぜ、善処しよう」

元々気持ちを伝える習慣がなかったのだ。いきなり「我慢せず言え」と言われたところで、実行するのは難しいだろう。

◆◇◆◇◆

使用人から聞き取りを行った翌日。

リリエッタたちは、実際に保管されている場所に足を運んで備蓄の確認をした。

ない袖《そで》は振れないので、自分たちが今どれだけのものを持っているのか、目で確認する必要がある。目録のチェックで済まさず、実物を確認するのはリリエッタがこの砦で働く者を信用していないからだ。

家令や執事長などクリフに直接もの申せる立場の使用人は、主人の無知をそのままにしていた。下の者も、余所者以前に公爵令嬢であるリリエッタに嫌がらせをしたり、排斥しようとするなど非常識で質が悪い。

署名を使って、越えてはいけない一線を越えた者は排除した。残るはこの結婚を快く思っていないものの署名は踏みとどまった、あるいは運良く署名が回ってこなかった人物と、真実無害な人々だ。あの集会を見て身を引き締めれば良いのだが、中には近しい者が断罪されたことで新たにリリエッタを恨むようになった者もいるかもしれないので油断はできない。

「……想像以上に侘《わび》しいですね。これが普通なのですか？」

保管庫の大きさに対して、埋まっている空間はほんの一部だ。

やはりと言うべきか、数えなくても一目《ひとめ》でわかるほど理論在庫と実在庫がずれていた。

北部の春は短く、冬は長い。雪の季節を避けて結婚式を執り行ったので、今は秋に入ったばかり。これから冬支度が始まれば倉庫が充実していくのだろうが、それにしても心許ない。戦《いくさ》の兆《きざ》しはなく、魔獣の襲撃で籠城する可能性も低いとはいえ、これでは立て籠《こ》もった場合、2カ月もてばいい方だろう。

「……食料は急ぎ心配しなくても大丈夫そうですが、布や薬が随分少ないですね」

「どちらも国からの支援と、地元の問屋《とんや》からの購入で成り立っていますね。購入に関しては10年間横ばいです」

確認した帳簿の内容が頭に入っているのか、一行の中ではリリエッタと同レベルで余所者なはずのランベルトがすらすらと答えた。

「人員を削減したとはいえ、これでは18年前のようなことがあった場合に冬を越せませんよ」

「18年前に何かあったのですか？」

リリエッタが生まれた年だ。

「私よりもクリフ様の方が詳《くわ》しいはずです」

「……大寒波《だいかんぱ》だ。孤立した集落では住民が教会や村長の家に避難したが、かなりの死者が出たと聞いている」

ランベルトに話を振られたクリフが簡潔に答えた。

18年前といえばクリフは3歳だ。当時の記憶はなく、記録でしか知らないのだろう。

「集団生活をしていれば感染症が流行《はや》ります。猛吹雪《もうふぶき》が続いていたら洗濯も難しくなるので、布は多めに必要です」

ランベルトの意見に、リリエッタも同意した。南部でも豪雨や洪水で住民が避難することがある。災害の種類は違うが、避難生活という点では同じだろう。

「……クリフ様、支援物資はどのように管理されているのですか？」

「リージーから入ってきた物資は、一旦《いったん》ブリーデンに運ばれる。地域の人口で割り当てを決め、各地に送られる」

リリエッタの問いはクリフでも答えられる内容だったようで、彼は淀みなく言い切った。

リージーは北の玄関口だ。北部の中では南端に位置し、各地に繋がる街道の整備に力を入れたことで国内の交易路として栄えている。

ブリーデンもリージーも北部の四大都市と言われている。残るは南東にあるマコン、西にあるオードバートだ。

マコンは魔導具の組み立て、修理工場で有名な土地だ。国内の魔導具メーカーが大きな工場を建てており、小さな工場も連なっている。空気と水が綺麗《きれい》で、高温多湿ではない——つまり埃《ほこり》が入らず、機器に負荷を与えないという天然の環境を上手く利用して発展した地域である。

オードバートは隣国マローリーと接しており、貿易が盛んな地だ。

行商人の行き来が多く、品物だけではなく文化や技術も入ってきやすいので北部の中では洗練されていて華やかな都市だ。北部が国境を接しているのは一国のみなので、薬の輸入元は必然的にマローリーと断定できる。

しかしリリエッタは釈然《しゃくぜん》としなかった。

公爵家の娘として、近隣諸国についてそれなりに学んでいたが、マローリーで製薬業が盛んというのは初耳だ。長期にわたって他国に安価で輸出しているレベルなら、どこかで耳にしていてもおかしくないというのに先日初めて知った。

「……でしたら、理論在庫から購入分を引き、逆算すれば物資の量がわかりますわね」

「何故そんなことを——まさか」

「在庫ずれに関しては、砦の人間によるものでしょう。ですが、そもそもの蓄《たくわ》えが少ないように感じます。杞憂《きゆう》で済めば良いのですが、砦に運び込まれる前に横領されているおそれがございます」

妻の言葉で、クリフの拳《こぶし》に力が入った。

「俺が至らなかったせいで、領民を苦しめていたことは認める。だが長年この砦で働いていた使用人や、ブリーデンの傘下《さんか》にある貴族が横領など……」

連日状況把握に努めたことで、クリフは己の無知と視野狭窄《きょうさく》が多くの人間を危機に晒していたことに気付いた。これに関しては疑う余地がない。だが横領に関しては、簡単に認められない――否、認めたくなかった。

「何故ですか？　人は誰しも誘惑に負ける可能性がありますわ」

「余所ではそうかもしれないが北部は違う！　この土地は互いに助け合わねば生きていけない場所だ。それに忠誠を誓っておきながら、主《あるじ》を裏切るような気質の者がいるとは思えない!!」

頭ではリリエッタの言葉は正しいとわかっている。

悔しいが認めざるを得ない。この年下の妻は、クリフよりも遥かに聡明な女性だ。

「北部に住む方々の忠誠心の高さ、義理堅《ぎりがた》さは存じております」

「なら――」

「もしその人物がブリーデンに従うフリをして、真の主に忠誠を誓っていたら？」

ハラハラしながら、夫婦のやり取りを見守っていた周囲が息を呑んだ。

昼間に軽く言い合いをしようとも、夜はやってくる。

時間が経って冷静になったのか、クリフは逃げることなく寝室にやってきた。

「北部のお茶は甘いですね」

「この地では体を温《あたた》めるために、甘いものを好むんだ。もし好みでないなら、侍女に伝えろ」

昼間のことがあるからか、ややクリフはつっけんどんだ。

「……いいえ、気に入りました。南部は甘いものを口にすると喉《のど》が渇くので、果物《くだもの》くらいしか食べませんの。香りづけしたお茶は豊富ですが、匂《にお》いが甘いだけで味は変わりません」

故郷では花や果物など、様々なフレーバーで香りづけしたお茶が流行っていた。

甘い匂いがすると脳は勝手に味もそうであることを期待する。飲むたびに裏切られたような気持ちになるので、リリエッタは故郷のお茶が好きではなかった。

◆◇◆◇◆

あれから毎晩クリフとリリエッタは夜のお茶会をしていた。

場所は夫婦の寝室だが、2人がこの部屋で休むことはない。今も寝室に2人きりだが、各々《おのおの》の部屋に繋がる扉は全開にしている。隣の部屋には侍女が待機しており、話の内容はわからなくても声は聞こえる状態だ。

リリエッタがこの部屋のベッドで眠ったのは、結婚初日と翌日のみ。以降は同じフロアに寝室を用意させてそこで休んでいる。

クリフは当主となる前に、自室として使っていた場所で寝ているらしい。

「果物か。贅沢《ぜいたく》な話だ」

「あら、北部だって果物は豊富ではないですが、林檎《りんご》、洋梨、スグリ、アプリコット、……確かベリー類も寒い場所で採《と》れましたわね」

果物の生育に大きく影響するのは気温と降水量であり、暖かい気候で育つ暖地性の果物と、寒い気候で育つ寒地性の２種類に分かれる。

北部は果樹農家が少ないが、東の気温が低い地域には大規模な果樹園が広がっている。

「詳しいな。それは貴族としての教養なのか？　それとも南部で農業が盛んだから作物について詳しいのか？」

「どちらもです」

「そうか……」

またこの顔だ。

１日の大半を共に過ごすようになり、リリエッタはクリフの表情の見分けがつくようになっていた。いつも顰《しか》め面《つら》で無愛想な男だと思ったが、慣れればなんてことない。表情筋が仕事をしていないだけで、彼は素直だ。思ったことがまんま顔に出る。

もし表情豊かだったら腹のうちが丸見えになってしまうので、クリフの仏頂面は神の恩寵《おんちょう》かもしれない。

リリエッタと行動するようになったクリフは、どれだけ領主としてすべきことを行っていなかったか突きつけられる日々を送っている。単純に知らなかった、もしくは知っていたが軽んじていた。そんな己の至らなさが容赦なく浮き彫りになる毎日。今もリリエッタに対して、劣等感を抱いているのだろう。

あの日以来クリフは魔獣退治に出ていない。

第1部隊はクリフの代わりに副隊長が指揮を執り、全体の指揮官も副官が代理を務めている。魔獣戦線は現場の人間で対処できているようで、砦に凶報がもたらされることはなかった。

自分がいなくてもなんとかなっている。個人の存在に左右されないというのは喜ばしいことなのだが、それもまたクリフの自尊心を損《そこ》ねているのだろう。

「……クリフ様。既に自覚をお持ちだと思いますが、あなたには領主としてやっていくための知識が足りません」

「ああ。領主失格だ。他に継ぐ人間がいなかったとはいえ、こんな俺が上に立っていては領地が崩壊してしまう。王家の沙汰を待つまでもなく、大きな被害が出る前に当主を退《しりぞ》いて――」

「何を仰っているのですか。わたくしが言いたいのはそんなことではありません」

リリエッタは自虐《じぎゃく》的な言葉を口にするクリフを遮《さえぎ》った。

「クリフ様に足りないのは、実務に関する知識だけです。仕事のやり方がわからないなら、わたくしがお教えいたします」

真っ直ぐにクリフを見つめる瞳には、蔑《さげす》みも怒りもない。

切れ長の瞳を見開いたクリフに、リリエッタは言い聞かせるように言葉を紡《つむ》いだ。

「クリフ様が領主の仕事を知らないのは、しかるべき教育を受けてこなかったからです。学べばできます。ならばお教えします。人の使い方を。どうやって情報を集め、判断したらいいのかを」

なんの知識もない状態で、いきなり領主として働くことを要求されれば誰だって不安になる。せめて先代が病死ではなく、病気による引退だったらまだ指示を仰《あお》げた。亡くなった長男以外に兄弟がいれば相談することができた。

だがクリフは１人だった。

何がわからないのか把握できない、弱音《よわね》を吐くことも許されない立場で、求められたものをこなすことで誤魔《ごま》化《か》し誤魔化しやってきた。当主就任後も魔獣退治に明け暮れていたのは、それだけが自信を持って行えることだったからだ。

「クリフ様は、何故ご自分が教育を施されなかったのかご存じですか？」

時間を共有すればするほど、リリエッタはクリフにちぐはぐさを感じた。

不思議に思った彼女は、まず家令と執事長に聞き取り調査を行った。２人とも当主に近い存在であり、家令はクリフの代わりに大半の処理を行い、必要最低限だけを主に上げていた。クリフを傀儡《かいらい》にしようとしていた、と思われても仕方のない行為だ。

しかし初めて顔を合わせた時から、リリエッタは家令に悪い印象を抱いていなかった。外からやってきた女主人を歓迎したとは言いがたいが、彼は一度も礼を欠いたことがなかった。使用人とはかくあるべしという態度で、黙々《もくもく》と控えめに働いていたのがブリーデン公爵家の家令だ。

リリエッタに問いただされた家令は、クリフが何故まともな教育を受けていないのか理由を知っていた。その上で、「故人の名誉を傷つけたくない」と話すことを拒んだ。

何かを守るために黙秘した北部の人間の口を割らせるのは至難《しなん》の業《わざ》だ。当主であるクリフのためだと言っても、今後の領地のことを考えろと言っても駄目だった。

屋敷の人事は家令が統括するが、その上に位置するのは女主人だ。リリエッタの質問に答えなければ、罰せられるかもしれないのに、家令は頑として譲《ゆず》らなかった。

彼がそこまでして守ろうとする者は限られている。

家令に比べれば、執事長は若く話が通じる男だったが、クリフが無知な理由については「無用な争いを避けるためだった」としか答えなかった。

しかしリリエッタは、その言葉で大方《おおかた》の予想がついた。


クリフは見栄《みば》えが良い。

たとえ雑踏《ざっとう》に紛《まぎ》れようとも、自然と人の目をひきつける魅力がある。

そして貴重な実戦魔法の使い手であり、武の才がある。もしこれで頭脳まで優秀だったら、きっと彼を当主に推《お》す者が現れただろう。

長男と次男で後継者争いに発展するのを防ぐために、先代は既に花開いていた武芸だけを極めさせた。あくまで長男の補佐でいさせるために、次男には知識を与えず、戦地で公爵家の剣となることを望んだ。

「兄が優秀だったから、俺が学ぶ必要はなかったんだ。代わりに北部の守護者として、兄を支える存在として市民のために戦うことを望まれた」

ここまではリリエッタの推測通りだ。

問題は長男が亡くなってからだ。

唯一の跡取りとなったクリフに何故教育を施さなかったのか。

「……兄が亡くなってから、父は変わってしまった。今だからわかるが、俺のことを気にかける余裕がなかったんだろう」

「お義父《とう》様が？」

「ああ。兄が亡くなったことで気落ちした父は、暫くは茫然自失《ぼうぜんじしつ》状態で過ごしていた。それでも社交シーズンになれば顔を出さないわけにはいかないから、王都に行き……南部の人間を憎むようになった」

「それまでは違いましたの？」

「どちらかといえば、好意的な部類だったと思う。支援物資について感謝していたし、南部について悪く言う者がいたら窘めていた」

リリエッタが知る先代とは真逆だ。

彼女が人伝《ひとづて》に聞いた話では、何度も物資が少ないと主張し、南部から強制徴収《ちょうしゅう》することを国に要請していたという。

「どうしてそのようなことに……」

「あんな言葉を聞いて、南部を慮《おもんぱか》るのはバカバカしくなったんだろう」

クリフの顔が険《けわ》しくなった。

見るものを引きずり込むような、光が差し込まない湖底のような深く暗い瞳だ。

「クリフ様も、その場にいらっしゃったのですか？」

「ああ、あの時のことは今でもハッキリ覚えている。見るからに裕福そうな男が『子供が多くて持参金を用意するのが大変だ』と自虐のような自慢をしていた。その男は娘が3人、息子が2人いるというじゃないか。北部は子供を育てるのが難しく、裕福な家だろうと平均2人だ。同じ国の民だというのに、どうして生まれた土地ひとつでこんなにも差がつくんだ……！」

当時を思い出したのか、クリフの息が乱れる。握《にぎ》られた拳は震えていた。

ブリーデン兄弟の母は、クリフが幼い頃に肺炎で他界している。

言った本人は世間話のつもりだったのかもしれないが、数少ない身内を亡くしたばかりの親子には許しがたい言葉だったようだ。

「お話に出てきた南部の貴族ですが、おそらくデリー卿《きょう》でしょう。赤毛でふくよかな方ではございませんでしたか？」

「あ、ああ。よくわかったな」

「誤解があるので訂正させていただきますが、貴族の出生率に関しては東西南北全ての地域で有意差はございません。南部に子沢山《こだくさん》のイメージがついているのは、農民と漁師が子沢山だからです」

「しかし、あの男は――」

「5人も子供がいるなんてかなり珍しいので、お話を聞いただけでデリー卿だとわかったのです。わたくしは三姉妹ですが、それでも周囲には多いと言われますよ」

「……」

「農業、漁業はとにかく人手がいります。繁忙期《はんぼう》には人を雇いますが、家族は絶対的な労働力です。農業は種まきから収穫まで、毎日休むことなく働かなくてはいけませんし、漁業も魚を釣《つ》って終わりではありません。保存がきくように加工しなければいけませんが、鮮度《せんど》が落ちないうちに取りかからなければいけないので時間との勝負です」

「もしや」

「そうです。家族は無償の働き手です。生産系の自営業は、漏れなく幼い頃から子供を働かせています」

「子供の養育は親の義務だろう。それは人道《じんどう》に反するのではないか？」

北部の子供とて家の仕事を手伝うことはあるが、働き手扱いはされない。

「以前同じような指摘を余所のご令嬢にされたので、わたくしは実態を調査いたしました。結論から言えば心配ご無用です」

「す、凄《すご》いな」

数年前、同年代の令嬢を集めたお茶会で、西部の貴族に「子供を働かせて富を築く下衆《げす》な地域」と当てこすられたのだ。

無論、黙ってやられるリリエッタではない。

名誉毀損《めいよきそん》に対する抗議文を添えて、実地調査の結果を相手の家に送りつけてやった。

「数年前の調査ですが、今も状況はさほど変わっていないと思われます。子供が行うのは、あくまで家の手伝いの範疇《はんちゅう》に収まる仕事です」

例えば農家の子供の場合は、毎日朝食の前に畑へ行き水まきを行うのが仕事だ。

今はレバーを引くだけで地下から水を汲《く》み上げることができるので、子供でも簡単に広い畑の水やりができる。畝間《うねま》に水が行き渡ったら、水が出る管《くだ》を移動させて、畑の端から端まで移動させたらお終い。単純で地味な作業だが、雨の日以外は毎日行う必要がある。

大人もちゃんと働くが、全て自分でやるのは大変なので、子供でも行えるような軽作業を割り振っているのだ。

また刃物を持たせても大丈夫な年齢になったら、剪定《せんてい》や収穫の手伝いも行うが、これも1年のうち限られた期間の話だ。

魔導具の発達により、近年は少ない労力でも大規模農園を営めるようになった。市民生活も底上げされたが、一番恩恵を受けているのは農業だろう。

また漁業の場合は、漁に出るのは成人男性だけだ。

海の神を怒らせないためという宗教上の理由だが、リリエッタは、力や体重の足りない者が漁に出たら危険なので神話にかこつけて禁じているのだと考えている。

陸に残った女子供は漁港にある作業所で、ひたすら魚を捌《さば》く。

腐りやすいはらわたを取り除いたあとは、干したり、塩漬《しおづ》けにしたり、燻製《くんせい》にする。特に塩タラは内陸でも食べられる海の幸《さち》として親しまれているので、取り扱いが多い。

国中で消費されているタラの加工工場は、地獄のような忙しさだ。一度水揚《みずあ》げされたタラが運び込まれたら、手洗いに行く暇《ひま》もないほどてんてこ舞いになる。その日の工程を終えたら解散なので、勤務時間が短いことが唯一の救いだ。

一方で北部の主な第一産業は、鳥獣の狩猟《しゅりょう》と木の伐採《ばっさい》を含む植物の採取だ。渓流《けいりゅう》で魚を釣ったり、山羊《やぎ》を育てる酪農もあるが、全体からすると微々《びび》たるものだ。いずれも小規模なものであり、南部のような広い農場や漁港はない。

リリエッタは南部の実態について説明すると、デリー卿のフォローをした。

「デリー卿はあまり裕福な御仁《ごじん》ではございません。3人のご令嬢は年が近く、同時期に適齢期に入ってしまい、身内に借金して持参金を用意したと小耳に挟んでおります」

娘の嫁ぎ先に知れたら、縁を結んでも得にならない相手と思われてしまうのでデリー卿は必死に隠している。

リリエッタの情報網がおかしいだけであるが、クリフはショックを受けた顔をした。

「つまり俺たちは勘違いで逆恨みをしていたということか――?」

光を取り戻した藍色の瞳が揺れる。

「デリー卿はおおらかな方ですし、恰幅《かっぷく》も良いので金満家だと思うのも無理はございません。不運なことに北部の美点が裏目に出てしまっただけかと思います――お二人とも、感情を表に出さず、黙って聞いていたのではありませんか?」

「そうだ」

貴族は自分を大きく見せるのも重要なので、デリー卿自身もあえて裕福そうに振る舞っている節《ふし》がある。事情を知らないクリフたちが誤解するのも無理はない。

「きっと南部の人間でしたら、『うちの領地は子供が2人いればいい方なので、羨《うらや》ましい限りだ。息子を亡くしたばかりで、あなたの話を聞くのは辛い』とでも告げたでしょう」

「正直すぎないか!? 親しくもない相手にそんなことを言われたら相手は困るだろう!」

ストレートすぎる。他人にいきなりそんな打ち明け話をするなんて信じられない。

「知らぬうちに憎まれる方が困ります。鼻持ちならないと批難したり、気に食わないから話を止めろと言っているわけではありません。事情を明かして、気持ちを伝えているだけです」

飄々《ひょうひょう》と言い切るリリエッタは、やはり南部の生まれだ。

慎《つつし》み深く淑《しと》やかに見えて、言いたいことはハッキリ言う。

「貴族だぞ。いや、貴族じゃなくてもそんなこと言えないだろう」

クリフは思わず咎めるような口調になった。

「それは言葉にするのに慣れていないだけです。少なくとも南部の者の間であれば許されるやり取りですし、実際デリー卿もそのように言われたら『そんなつもりはなかった。お悔《く》やみを申し上げる』と返したでしょう」

「……俺たちは間違っていたのか？」

「わたくしたちの振る舞いが正しいとは言いません。これはこれで特殊でしょう。外交の場では、クリフ様たちのような行動が望ましいかと思います」

「ならば、どうしたらいいんだ」

「相手と場所次第です。結果論になってしまいますが、相手が南部の人間ならば許されたでしょう」

「難しいな」

難しいことだらけだ。リリエッタと結婚してから、クリフは自分が無知で未熟だと自覚するようになった。

今まで普通に生きてきた世界が、いきなり難解なものに姿を変えた。

足りないものだらけで、どうしたらいいのかわからない。

「クリフ様。あなたの目に、わたくしは上手に生きているように見えるかもしれません。でもわたくしもあなたと同じです。違いがあるとすれば、クリフ様よりも学び始めたのが早く、多くの失敗を重ねたから、少し経験が豊富なだけです」

思えば断罪の日こそ攻撃的だったものの、リリエッタはクリフを蔑まない。

他でもないクリフですら自分を責めて見切りをつけようとしたのに、リリエッタは責めないし諦めない。

この日、クリフは妻を美しいと心から思った――

3章　本では学べないこと

秋晴れの日は、どこまでも空が高く見える。

空はまだ秋なのに、吹きすさぶ風は冷たく、リリエッタは手袋が欲しくなった。

南部の気候に慣れきったリリエッタの体は、早くも防寒着を着込まないと外に出ることが叶《かな》わない。しかし驚いたことに、部屋の中で寒さに震えることはなかった。

「家の造りが違うからだろうな。北部の家は熱を逃がさない構造になっているんだ」

「確かに窓や壁も違えば、部屋の配置も特徴がありますわね」

クリフと並んで城下町を歩くリリエッタは、興味深そうに周囲を見回した。

和《なご》やかに会話しているが、これは領主夫婦のお忍びデートではなく視察だ。その証拠に――

「暖かい空気は上に流れますからね。地面は冷たいので火を使う場所を1階に集め、ダイニングや寝室は2階以上に配置するのが北の家です」

リリエッタの言葉に応えるように、ランベルトが解説した。

「てっきり住める土地が限られているから、建物が上に伸びているのかと思っておりました」

平地が多い南部と違い、北部は山が多い。

「敷地面積に比べて、人里が少ないのは否定しない。だが縦構造については別だ。横に広いと屋根に積もる雪が多くなる。砦の外にある村も、町中と似たような造りになっているぞ」

余所者のランベルトにしたり顔で語られたことが気に入らないのか、クリフがムッとした顔で補足した。

南部の家は、風が通りやすいように横に広く窓が大きい。基本は平屋で、大貴族の邸宅だろうと最高で3階建てだ。

しかし北部の家は窓が小さく二重窓だ。小さいと部屋が暗くなるので、採光目的で小窓が沢山ある。平民の家であろうと最低2階建てで、ブリーデンの城に至っては5階建てだ。

「わたくし、北部は雪が積もらないよう三角屋根が一般的だと思っておりましたが違いますのね」

嫁ぐ前に読んだ本では可愛らしい屋根の家が描かれていたのに、探しても見当たらない。

「それは一昔前の話だな。確かに以前は勾配《こうばい》をつけた屋根が多かったし、今も砦の外ではそちらが一般的だ。三角屋根は雪が下に落ちるので、都市部の家と家、家と道の間隔が狭い場所だと事故の原因になる」

「雪が落ちてくるのが、そんなに問題なのですか？」

雪に馴染《なじ》みのないリリエッタは、落雪の危険性をわかっていなかった。

「降っている雪は軽くても、降り積もった雪はかなりの重量ですよ。下敷きになれば物は壊れますし、人間も怪我します。身動きとれなくなれば死ぬこともあります」

「まあ！　ご冗談を」

答えたのがランベルトだったので、リリエッタはころころと笑ったが、クリフに「本当だ」と言われたことで気を引き締めた。

「リリエッタ。あの屋根は平らに見えるが、実は中央に溝がある。気温は低いが、太陽が照れば雪は溶ける。中央にたまった水は外に排出される仕組みになっているんだ」

「晴れた日に溶けるのであれば、雪は積もらないのではないですか？」

「1日で全部溶けたら積もることはないが、まあそんなことにはならない。日が照っている間は多少暖かくても、日が落ちれば再び凍《こお》る。圧縮された雪は氷のように固くなる。地面も同様で滑《すべ》りやすくなるから、気をつけろ」

リリエッタ一行が訪れた定期市は賑《にぎ》わっていた。

ブリーデンの城下町では年に2回の大市《おおいち》の他に、今開催されているような定期市が開かれている。雪が降り始めたら、市は立たない。冬の間は行商がなりを潜《ひそ》め、自宅が店舗になっている店だけが営業を行うようになる。

冬支度の時期になると、北部の人間は家に一冬過ごせるだけの食料や薪を備蓄する。

冬が始まると晴れた日は外で仕事をするが、天候が悪いと家に籠もって木工細工や機織《はたお》りなどの内職をして過ごす。

山が多い北部では、冬に荷物を抱えて移動するのは一苦労だ。苦労して訪ねても、充分な備えをした住民は細々《こまごま》とした品を買い足すくらいなので、雪の季節の行商にメリットはない。逆に冬支度が終わるまでの時期と、雪解けしてからがかき入れ時だ。

北部の各都市で大市が開催されるのは、冬支度の時期と、春がやってきて人々が外に出るようになったタイミングだ。

今はまだ買いだめする時期ではないので、ここで行われているのは普段の買い物のための小規模な市だ。


この場所で商いを行う人種は、大きく分けて2種類だ。

ひとつは小売りの地元住民、もうひとつは行商人。仕入れた商品を移動して販売する行商人は、北の地では作れないものをもたらしてくれる。露店や屋台で商売するのは地元民が多く、荷物が多い行商人は取引所を借りて1階で商売を行い、2階で寝泊まりしている。取引所は領主の管理下にあり、賃料は財源の一部となっていた。

今回の件だが、流入する薬が安価すぎると安易に圧力をかけてしまえば、行商人の足が遠のく。彼らが訪れなければ物流が滞り、公爵家の収入も減る。

悩むリリエッタの鼻を、甘く香ばしい香りがくすぐった。

「あら、エルギ様。それはなんですの？」

いつの間にやらランベルトが、紙を折って作った袋を持っていた。

「焼き栗《ぐり》ですよ。初物《はつもの》なのに安かったので、つい買ってしまいました」

「まあ、美味《おい》しそう」

「欲しいなら買ってこよう」

どこで売っているか頭に入っているようで、クリフは2人を残して去ってしまった。

「……あの方、ご自分がわたくしの護衛であるのを忘れているのではないでしょうか」

「配慮とか、思慮とか色々と足りませんね」

「あら。その2つは同じ意味ではないのですか？」

「違いますよ。配慮は他人に対する心配りで、思慮は深く考えるかどうかです。要は公爵閣下は残念なお人という意味です」

忌憚《きたん》のない言葉に、リリエッタは鈴《すず》のように笑った。

「残念。確かにそうね」

「ええ、そんな残念な方を何故捨てなかったのですか？　あの状況ならは、婚姻を白紙にすることも可能だったでしょう。滞在期間が長くなるほど、故郷に帰りづらくなりますよ」

「わかっております。でもこの結婚は王命ですし、南北の融和は誰かが成さねばならないことですから」

「上の連中はあれこれ言ってますが、私に言わせれば結婚ひとつでどうにかなる問題じゃありません。交流というならお互いに人材を派遣《はけん》しあう制度を作ったり、共同で行う必要がある公共事業でもやらせたらいいんですよ」

「流石エルギ様。具体的な構想があれば、是非《ぜひ》お聞かせ願いたいですわ」

「ご希望とあれば企画書を提出いたします。ですが、今のあなたでは実行不可能ですよ」

「当主（暫定《ざんてい》）の妻ですものね。しかも白い結婚を継続中」

「わかっていながら、先ほどの発言をされたということは、あなたはクリフ様が今後も当主であり続けると思っていらっしゃる。そして別れる気はない――そういうことですね」

「ええ。わたくしの名誉を傷つけましたが、当事者間で和解可能な範囲です。警告のみだと流石に王家が侮《あなど》られてしまいますが、激しい罰を与えてしまえば王家の求心力が低下するので適度なペナルティーを与えて終わりでしょう。それも妻を巻き添えにしては本末転倒なので、クリフ様個人に対してでしょうね」

「あれを和解可能と考えるのは、あなたくらいのものでしょう。普通の少女であれば、心を病んだり、最悪命を絶っていますよ」

「あらまあ。自分が病むくらいなら、相手を病ませてしまえばよろしいのに」

おっとりとした口調で過激な発言をするリリエッタに、ランベルトは苦笑した。

この少女のことだから冗談ではなく本気で言っているに違いない。

鬱々《うつうつ》としたものを抱え込み、自分を追い詰めるくらいなら、それを全て相手にぶつけるだろう。この愛らしい兎《うさぎ》は、小さな口の中に鋭い牙《きば》を隠し持っている。

「この結婚が王命でなければ、クリフ様と別れましたか?」

このまま話が逸れて終わるかと思いきや、ランベルトは形を変えて最初の問いを繰り返した。

いつもの飄々とした笑みだが、眼鏡越しに合った目は真剣な光を灯《とも》している。

「いいえ」

リリエッタは、はぐらかすか迷ったが正直に答えた。

ランベルトは王家からの使者だ。下手な隠し事は身のためにならないだろう。

「それはどうして?」

「クリフ様と別れたら、今度は別の誰かと政略結婚する羽目《はめ》になります。次が良い方とは限りません。今の夫が許容範囲なら、賭けに出る必要はないでしょう」

実はもうひとつ大きな理由があるのだが、それについてリリエッタは口にしなかった。

断罪の日まで、クリフの態度はお世辞にも良いとは言えなかった。思いやりがなく、上から目線で、家族になろうとするリリエッタに寄り添おうとしなかった。

社交シーズンの一件以降、親子揃って南部を嫌っていたことはわかったが、父親に比べると息子の方は軽症で、話せば簡単に解ける程度の誤解だった。

力ずくで視野を広げ、現実をわからせたあとのクリフは伴侶《はんりょ》として妥協《だきょう》できるレベルだ。

それにリリエッタだって、完璧な淑女とは言いがたいので妥協はお互い様である。

彼女の場合、外面《そとづら》は完璧なのだが、ちょいちょい過激な言動が顔をのぞかせるのが玉に瑕《きず》だ。

現に砦に持ち込まれた物資の横領犯には容赦なかった。全額返済を要求し、払えない者は借金奴隷《どれい》として一足早く西の鉱山に送った。

「女性は感情で動くと言われていますが、リリエッタ様は違うようですね」

「感情的であると同時に計算高くもある。女とはそういう生き物です。それに感情で動くのは男性もでしてよ。結婚当初のクリフ様の姿を思い出してくださいまし」

「確かに。不貞腐《ふてくさ》れるのは、女性よりも男性の方が多い気がします」

「不貞腐れる……ふふっ、思えばあの時のクリフ様はそんな感じだったかもしれません」

痴話《ちわ》喧嘩のような言い方をしているが、そんなものではなかった。使用人は主人に倣う。クリフがやったことは未必の故意による冷遇《れいぐう》だとランベルトは言いたかったが、生憎《あいにく》リリエッタを傷つけるには至っていない。

(被害者が気にしていないのに、外野があれこれ言うのは野暮《やぼ》か)

ランベルトは2人の結婚が上手くいくよう取り計らう立場なので、余計なことは口にしないことにした。

2人が会話を終えてもクリフはまだ戻らなかった。

焼き栗を売る場所に行って合流するか迷ったが、行き違いになってはいけないので、リリエッタたちは動かずに付近の店先に並べられているものを眺《なが》めていた。

「すまん。在庫切れして新しく作っていたので、待たせてしまった」

「クリフ様、おかえりなさいませ。エルギ様とお話ししていたのであっという間でしたわ」

ランベルトは残り少ない分を買ったらしい。

クリフが持つ紙袋から、リリエッタは栗を1つ取り出した。ランベルトがしていたように真ん中に指を押し当てるが、上手く剥《む》けない。過去に焼き栗を食べたことはあったが、あの時は既に半分に割られていたものをスプーンですくって食べたのだった。

「貸してみろ。ほら、これでいい」

「ありがとうございます。もしや栗の買い食いは、男性の専売特許なのですか？」

「君が非力なだけだ。コツさえ掴《つか》めば、子供にだって剥ける」

「はずれに当たると苦労しますけどねー」

話していうるちに冷えてしまった栗を食べながら、ランベルトが付け加えた。

「それで、エルギ殿とはどんな話をしていたんだ？」

ランベルトを横目で見るクリフに嫉妬《しっと》の気配はない。

ヤキモチではなく、王家の子飼いにリリエッタが何を言ったのか気になるようだ。

「クリフ様のお話で盛り上がっておりました」

「俺の？」

悪戯心がわいたリリエッタは、わざと不安を煽《あお》るような言い方をした。

予想通りクリフの顔が曇《くも》るのを見て、主人の顔色をうかがう大型犬のようだと思った。

「大したことではありませんわ。護衛役なのに、簡単にわたくしたちを置いていってしまうなんて残念なお方ねという話です」

「そうだった!!」

「あ。やっぱり、頭から抜けてたんですね」

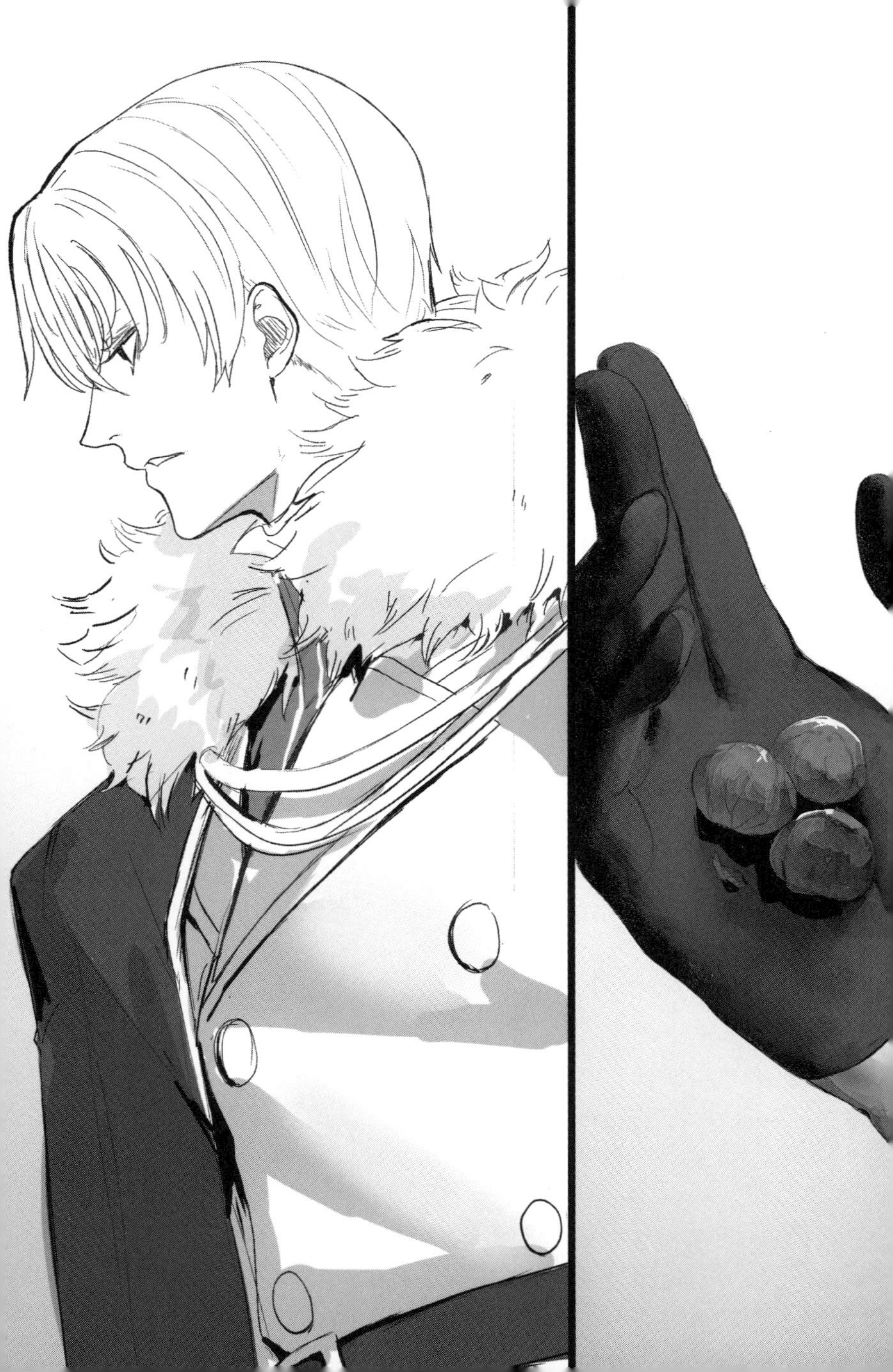

「わたくしを面白く思わない輩《やから》が雑踏に紛れて襲撃するかもしれない、とは考えなかったのですね」

2人に呆れた顔をされたクリフは、叱《しか》られた犬のように項垂《うなだ》れた。

一通り見て回った結果、隣国産の薬は大体国内産の3割引きで取り引きされていることがわかった。意識して見ていたからか、薬を取り扱う行商がやけに目についた。

薬の他には、綿製品も若干多い気がした。

北部では綿花《めんか》を栽培《さいばい》していない。この国で綿花といえば西部だ。魔石の鉱脈《こうみゃく》がある西の大地は土壌にその影響が出ており、農作物の育成に向かない。

ただし綿花だけは別だ。綿花は元々塩害を受けた地でも育つ強い植物だが、瘴気に対しても同様だった。土壌から瘴気を吸い上げ茎《くき》にためるが、種子毛には移行させない。収穫後は瘴気を含む本体部分を神殿で浄化《じょうか》すればいいので、育てるだけで土地の汚染を軽減できる。

経済的な浄化作業として、国も西部における綿花栽培を推奨《すいしょう》している。

補助金が出るのは西部だけなので、他の地域に綿農家は少ない。

「綿は元々安価なのでわかりにくいですが、軒並《のきな》み国内産を下回る価格設定ですね。実家にいる頃に隣国産の綿の話を聞いたことはないので、この辺《あた》りだけの話のようです」

綿は吸水性と通気性に優れているので、南部は貴婦人のドレスも綿で作る。ドレスは一着あたりの使用量が多いので、南部の綿の消費量は国内トップだ。南部に情報が回っていないことから、隣国から入ってきた行商は北部だけで在庫を捌いているのだろう。

「布と薬。どこかで聞いた組み合わせですね」

隣に立つランベルトの呟《つぶや》きに、リリエッタは「ええ。興味深いですわね」とだけ答えた。

◆◇◆◇◆

隣国から入ってきた薬は確かに安かったが、価格崩壊の域ではない微妙なさじ加減だった。既に市民の家計に深く食い込んでいることもあり、関税や規制をかけるのは難しい。消極的な対策だが、国内産に関しては城の備蓄として買い取ることにした。隣国産に合わせて値引きしなければ売れ残る状況だったので、従来の価格で買い取ることで、在庫を抱え込まないよう取り計らうだけでも効果はあるだろう。

城の備蓄が少なかったのが功を奏《そう》した、というのは皮肉な話だ。

「クリフ様は代替わりの際、お世話になっている方々へのご挨拶はどのようになさいましたの？」

執務室で書類を仕分けしている時、ふと見覚えのある地名が目に入ったのでリリエッタは雑談のつもりでクリフに問いかけた。

「挨拶？」

クリフの反応に、リリエッタの手が止まる。

「……まさか何もなさっていないとか仰いませんよね？」

きょとんとした表情の男に、リリエッタは久しぶりに数を数えて気を静めた。

「世話になっている相手というのは、領地の重鎮《じゅうちん》のことか？　それとも親族や四大都市の領主のことか？」

「どちらもです」

「領民の方は、向こうから城に来たのでその時に顔合わせを済ませた。親族は父の葬式で集まった時に。領主の方は遠いので就任時に手紙を出した。北の貴族とは顔見知りだから事後報告で充分だろう」

やらかしていた。

もののついでと、紙切れ1枚。リリエッタは眩暈《めまい》がした。

先代は、妻が亡くなった頃から心臓の病を発症したという。冷え込んだ日に一過性の胸の痛みがある程度だったので、生活に支障はなかった。だが南部の反転アンチになってからは症状が悪化し、心も病んでしまったのでクリフの教育にまで考えが及ばなかったようだ。

クリフもクリフで、そもそも自分がポンコツだという自覚がなかったので自主的に学ぼうとしなかった。

家令も執事長も所詮は使用人にすぎない。貴族の代替わりに立ち会うことなど一生に一度あるかないかなので、充分な知識がなかったに違いない。

本来なら父親が跡継ぎとなる息子に教えることであり、急逝した場合は後見人がサポートする。だが先代が亡くなったのは、クリフが成人したあとだった。兄が亡くなってそれなりに時間が経っているので、周囲は当然、当主から指導を受けているものと考えるし、親戚が後見人になったりもしない。

「……たとえこちらの方の立場が上であっても、この場合は相手のところに赴《おもむ》くものです」

そもそもブリーデン公爵家が北部のトップだというのは、誰かに任命されたからではなく、重要拠点を守っていることと領地が広大であることで、自然とそうなっているにすぎない。

南部もしかり。

サウス公爵家が頂点とされているのは、交易において重要な拠点を複数所有しており、祖父の代は武をもって、父の代は社交界での立ち回りで他を圧倒したからだ。

つまり両家の立場は絶対ではない。

「……クリフ様。ハッキリ言いますが、彼らにとってあなたは『無礼な若造』です」

「まさか！　俺は年長者に礼を欠いたことはないぞ」

欠いている。現在進行形で、いつ反ブリーデン同盟ができてもおかしくないレベルで礼を欠いている。

「領内のことは一旦落ち着いたので、至急各地にご挨拶にうかがいましょう。アポイントを取りますので、その間クリフ様は地元の方々を訪問して改めてご挨拶してください」

まだことの重要性を理解していないクリフだったが、妻から断罪の日と同等の圧力を感じて反論を飲み込んだ。

「クリフ様。実を申しますと、おじさま方は若い娘よりも若者の方が好きなのです」

「いやまさか」

「いいえ。素直な若者が礼儀正しく接するだけで、年配の男性はもうイチコロです」

「いくらリリエッタの言葉でも、信じがたいんだが」

「ならば組合《ギルド》の方々で試してご覧なさい。『正式なご挨拶が遅くなったことをお詫びいたします。突然の父の死で右往左往している間に時間が過ぎておりました。皆様を失望させてしまった身で言えたことではございませんが、どうか右も左もわからぬ私に、ご指導ご鞭撻《べんたつ》のほどお願いいたします』と言って頭を下げるのです」

「そこまでへりくだる必要があるのか!? 処分待ちとはいえ、俺は公爵家を背負っているんだぞ」

「ええそうです。代替わりの直後であれば、公爵家の当主であるクリフ様が軽く敬意を払うだけで、先方は満足したでしょう。しかし今はもうそんな状況ではないのです。先ほどわたくしが述べた口上《こうじょう》を覚えていますか?」

「え? ええと、その……」

「『正式なご挨拶が遅くなったことをお詫びいたします。突然の父の死で右往左往している間に時間が過ぎておりました。皆様を失望させてしまった愚《おろ》か者が言えたことではございませんが、どうか右も左もわからぬ若輩者《じゃくはいもの》にご指導ご鞭撻のほどお願いいたします』はい、復唱《ふくしょう》」

「一部変わってないか?」

「気のせいです。はい、復唱」

「正式なご挨拶が遅くなったことを……お詫びいたします。……突然の父の死で……右往左往、している間に時間が過ぎておりました。皆様を失望させてしまい……ええと」

「愚か者」

長台詞《ながぜりふ》を覚えきれず、言葉に詰まるクリフに妻が鋭く言い放った。

「え？」

「次の言葉です」

「あっ、ああ。そうか、ありがとう。リリエッタ」

クリフを愚か者と誹《そし》ったように聞こえたが、気のせいだろう。

◆◇◆◇◆

クリフの挨拶ならぬ謝罪行脚《あんぎゃ》は、幸いにも成功のうちに終わった。

城の人事において、最も力を持つのは女主人である。使用人の大規模な入れ替えで、町の人々は「ご領主様はとんでもない女を国から押しつけられた」と認識していた。

奇《く》しくも先代が亡くなる直前に王が政略結婚を命じたため、一連の無礼について、婚礼前は準備で忙殺《ぼうさつ》され、婚礼後は妻に振り回された結果と受け取られた。

凛々《りり》しく逞《たくま》しいクリフが平身低頭して謝ったことで、各組合の親方たちはいとも簡単に陥落したという。

報告を聞いたリリエッタは、夫の運の良さに内心舌打《したう》ちした。

領主の妻として領民との間に亀裂《きれつ》が生まれなかったことは喜ばしいのだが、それはそれとして個人的にクリフに痛い目にあって欲しかったというのが正直なところだ。

だがリリエッタは、そんなことなどおくびにも出さず、「ようございました」と笑顔で労《ねぎら》った。

領内はなんとかなったが、問題は領外だ。

他家の領主たちは結婚式でクリフがリリエッタを蔑ろにした現場を見ているのだから、町の人々のようにはいかない。

「まずはリージー。そのあとオードバート。最後にマコンの順に訪問します」

夜のお茶会で、リリエッタは今後の予定を告げた。雪が降れば遠出に苦労するので、取り急ぎ北部の大貴族を優先する。道中で立ち寄れそうな親族のところに顔を出しつつ、新年の宴を盛大にして、公爵家は安泰《あんたい》であるとアピールすることにした。

分家にとってブリーデン公爵家は宗家《そうけ》だ。

謝罪よりも彼らを率《ひき》いる力があると示した方が良いだろう。

「オードバートとマコンは反対方向だから、どちらかを最初にして、リージーを経由してもう一方に行くのが効率的だと思うが」

「……アポイントが取れた順番です」

今回は領主として訪問するのだから、それなりの人数になる。ブリーデンの使節団を町の宿に泊まらせるわけにはいかないので、先方は城で部屋と食料を用意しなければいけない。

冬の前の忙しい時期に、面会を了承してくれただけありがたいのだ。

たとえそれが生意気な若造をひねり潰したくて、うずうずしているからだとしても……

「冬が迫っています。城を長期間空けるのは避けたいので、訪問後は毎回戻る予定です」

「リリエッタ。冬支度をするというなら、一度魔獣退治に出てもいいか？」

「……何かお考えがあるのですか？」

この男は懲《こ》りていないのか、とリリエッタは額《ひたい》に青筋を浮かべたが、まずは相手の言い分を聞くことにした。

「横領で失った分を、魔獣を売ることで補填《ほてん》したい」

「……」

横領犯を捕まえたところで、失われたものは戻らない。

失われた備蓄は家庭で消費されたり、転売されたりしていた。帳簿を精査したところ、私的な会計を経費として精算したり、取り引き先と結託《けったく》してマージンを懐《ふところ》に入れていた者も見つかった。

これらは先代の死後に始まったので、被害も少なければ、調査も容易だったのが不幸中の幸いだ。罰と返済を兼ねて、強制労働させているが、完済は何年も先になる。

腐っても北部最大の公爵家なので切羽詰《せっぱ》まってはいないが、打てる手があるなら実行すべきだろう。

「魔獣が出没するのは北だけなので、ある意味特産物とも言える。今の時期に現れるのは、デミグシオンとデミマルコシアスだ。前者は捨てるところがなく、後者は高値で売れる」

デミグシオンは熊に似た魔獣で肉は魔除《まよ》けに、脂《あぶら》は燃料に、骨と臓器は薬に、毛皮は防寒具になる。

デミマルコシアスは狼に似た魔獣で、好事家《こうずか》の間で剥製《はくせい》が高額で取り引きされている。

これらの魔獣の名はこの国独自のものだ。

いつまでも「熊もどき」とか「狼もどき」とは言っていられないので、現場の人間がつけた俗称であり、学術的な命名ではない。名前の由来は伝承にある『恐るべき異形《いぎょう》たち』だ。記述された外見と似た魔獣をその名前で呼んでいるので、本物と区別するために頭にデミをつけている。

まあ、現場では長ったらしい名前は煩わしいので、デミを取っていることがほとんどだが。

「……それはクリフ様が出向く必要があるのですか？」

「亡骸《なきがら》の破損が大きければ値が下がるし、討伐時に希少部位を駄目にしてしまうことがある。俺の氷魔法は魔獣の体を傷つけずに仕留めることができる。それもあって、以前は積極的に討伐に出ていたのだが……。魔獣で稼いでも横領で損なっていては意味がないな」

リリエッタは手を伸ばすと、自虐的な笑みを浮かべた夫のそれに重ねた。

「意味はございます。これからは上手くやればよろしいのです」

珍品《ちんぴん》として魔獣の体が取り引きされていることはリリエッタも知っていたが、遠く離れた南部で出回ることはないので馴染みがなかった。

領主になっても討伐に赴いていたのは、クリフなりに領のために行動していたのだ。

（当主の自覚がないとか、承認欲求を満たすためだとばかり思っていたわ）

リリエッタは決めつけでクリフを見くびっていたことを反省した。

「人の使い方を教える、と言ったでしょう。全て自分で行う必要はないのですよ」

「リリエッタ……」

だがそれでも結婚式のあれはない。

誤解が解けたところで、一生に一度の晴れ舞台で妻となる女性をほっぽって金を稼ぎに行ったなんて、結局は情状酌量《じょうじょうしゃくりょう》の余地なく有罪《ギルティ》だ。

「お気持ちはわかりました。最優先は諸侯との顔合わせですので、そちらに影響が出ない範囲であれば討伐を認めましょう。ただしその間はわたくしの護衛が不在になりますので、信頼できる代役を見つけてからになります」

4章　四大都市

挨拶回りのために、リリエッタたちはリージーに向けて出発した。

北の玄関口として各方面に街道が整備されているので、馬車の振動は少ない。

「あそこにいるのは山羊ですか？」

馬車の窓から、遠目に白い生き物が群れているのが見えたので、暇だったリリエッタはクリフに問うた。リリエッタの記憶にある羊《ひつじ》よりも足が長く、全体的にすらっとしている。

「そうだ。北部で家畜といえば山羊、次に豚だ。どちらも家畜として優秀な生き物だな。乳、肉、毛、皮と山羊は使い道が多いうえに、計画的に草を食《は》ませることで防火帯を作ることができる。豚も捨てる部分がない。それに山のどんぐりを食べて育った豚は美味《うま》いぞ」

北部は山が多いので土砂災害と雪崩の他に、山火事も警戒しなければいけない。

山羊に下草を食べさせることで、山火事が起きても被害を少なくすることができる。

「山羊のチーズはワインと相性が良いので人気がありますわね。父が好んでおりました」

子供の頃に一切れもらったが、口に入れた瞬間に後悔した覚えがある。酒飲みの感覚では、チーズはクセがあればあるほど良い。逆にクセのないチーズは物足りないらしい。

「ああ。牛乳で作ったものよりも高値で売れるから、山羊を飼っている家は1階をチーズ工房にしていることが多い」

「そして2階で生活するわけですね」

商売をしていれば1階を店舗として使い、畜産業であれば1階を加工品製造のための作業場にする。

「東部のように広い牧場で飼育《しいく》するのではなく、夏は標高の高い場所、冬は麓《ふもと》で育てる移牧がほとんどだ」

酪農で有名な地域は東部だ。

適度に涼《すず》しくて土地が湿潤《しつじゅん》しているので、難なく牧草を育てることができる。なだらかで広い草原は放牧にもってこいだ。馬、牛、鶏《にわとり》、豚、羊と一通りの家畜が育てられている。

淀みなく説明する夫に相づちを打ちつつ、リリエッタは別のことを考えていた。

クリフ・ブリーデンという男は、知っていることに関してはわかりやすく説明できる。

相手にわかりやすく伝えるには、内容を正しく理解した上で、相手の理解力に合わせて言語化する必要がある。クリフの無知は専ら貴族としての付き合いと、領主としての実務だ。

公爵家の当主としては玉に瑕どころか致命傷だが、地頭《じあたま》は悪くない。学習させれば一端《いっぱし》の領主になるだろう。

今は護衛という扱いでリリエッタの側に置き、実践的な当主教育を施している。

リリエッタはクリフに領主代理として指示を出す姿を見せ、情報の集め方、それをどう判断するか、物事を決める時の基準を教えていた。

夫に代わり領地を切り盛りする夫人もいるが、リリエッタはずっと実権を握り続ける気はない。女主人としての仕事もあるのだ、クリフを一人前にしたあとは身を引くつもりである。

リリエッタの夫は1を聞いて10を知るタイプではなく、教えられた1をとことん突き詰める性格なので進みは遅い。

だが盛大にプライドをへし折ってやってからは、わりと従順な生徒ではある。クリフは自分を教え導く妻に感謝しているが、当のリリエッタは夫を働かせたいだけなのである。

◆◇◆◇◆

リージーへの旅路は快適だった。

移動がスムーズだったからか、ブリーデンを出発してたった2日で到着した。

「遠路はるばるリージーへようこそ」

楼門《ろうもん》をくぐった先では、リージーの領主が自ら若き北の大将を出迎えた。

「リージー伯爵。このたびは急な話で申し訳ない」

「ブリーデン公爵とお会いするのは、お二人の結婚式ぶりですね。あの時は奥方としか話せなかったので、一度ゆっくり言葉を交えてみたいと思っていたところです」

当主2人の挨拶は、表面上は穏やかなものだった。

そう。穏やかなのは表面だけだ。

まずリージー伯爵はクリフの謝罪をスルーした。形だけだとしても、許しの言葉を口にするつもりはないらしい。

次に結婚式の話を持ち出した。あの日新郎が置き去りにしたのは花嫁だけではない。来賓《らいひん》もだ。リリエッタとしか話していないというのは、完全に嫌みだ。

北部の貴族らしい物言いにリリエッタは夫がなんと返すのか気になったが、クリフは「冬を前にした多忙な時期に、歓待していただき感謝申し上げる」としか言わなかった。

一瞬気付かないふりをしたのかと考えたが、思い返せば結婚式の翌日、食堂でリリエッタがチクリと刺しても通じなかったことから単に鈍感《どんかん》なのだろう。

「ええ。収穫期に入ったところなので、本日の晩餐《ばんさん》は腕によりをかけさせていただきます」

「お心遣い痛み入る」

「……」

忙しい時期に来やがって、というこれまた遠回しな文句を、一言《ひとこと》で叩き落とされて伯爵は数秒固まった。クリフとそこまで深い付き合いでないのなら、彼の振る舞いが全部わかったうえで受け流しているのか、言葉の裏を読んでいないのか判断がつかないだろう。

何も考えていないクリフと、そんな彼の真意を探ろうとする伯爵の姿は、傍《はた》から見れば喜劇だ。代表者同士の挨拶に口を挟むことができないリリエッタは、楚々《そそ》として夫の後ろに控えて笑いを噛《か》み殺した。

会話に加わる必要がないのをいいことに、リリエッタは周囲の観察に勤《いそ》しんだ。

秋の始まりに佗しすぎる倉庫に行ったあと、国から北部に送られた支援物資の総量を逆算したが、一部の項目が不自然に少なかった。

これに関しては、国の支援を把握しているランベルトに確認を取ったので間違いない。薄々《うすうす》予想していたが、横領されていたのは布と薬だ。運搬ルートからしてリージー内で犯行が行われている可能性が高いが、どの段階で誰が関与しているのかは不明だ。そして何故横領された物資が、隣国産としてブリーデンに持ち込まれているのかに至っては見当もつかない。

ブリーデンの市場におかしな点はなかった。

行商人たちは正規のルートで品物を持ち込んでいるので、中抜きした荷を一度隣国へ運んでいるのだろうが、リージーの街道は北部の各地に向けて作られたものであり隣国には繋がっていない。

隣国との交易路があるのは、北部だと四大都市のひとつであるオードバート。他地域も含めれば西部のアダルギーソ、ブラッツなどがある。

それらとリージーは街道で繋がっているので、大量の物資を持ち運ぶのは不可能ではないが何故そんな手間をかけているのか、そしてどんな仕組みで売りさばいているのかわからない。

それにオードバート侯爵は、ブリーデンに次ぐ北の大貴族だ。

他領でもあるし、まともな神経の持ち主であれば侯爵のお膝元《ひざもと》で危ない橋を渡るのは避けるはず。例外があるとすれば、オードバート侯爵も横領に関与している場合だ。

もし四大都市のうち二都市の領主が結託して犯罪に手を染めているとなれば厄介だ。

一歩間違えれば、北部で内乱が勃発《ぼっぱつ》しかねない。いかに北の長・ブリーデンといえど、証拠もなしに他領に立ち入り調査を行うことはできない。

ならば内密に調べようとしても、余所者に敏感な北部でこっそり捜査《そうさ》するのは至難の業だ。

しかし今回は、怪我の功名《こうみょう》で堂々と滞在する口実《こうじつ》ができたので、リリエッタはせめて領主が敵か味方か見極めようと考えた。

賓客として滞在するので、リリエッタたちの側には常に城の使用人がいる。貴賓を不足なくもてなすためだが、監視されているような状況だ。リージー側の人間に囲まれているので、城内を嗅《か》ぎ回るのは難しい。

リリエッタは人好きのする笑顔を浮かべて使用人たちから情報を引き出そうとしたが、彼らは手強《てごわ》かった。

ブリーデンの連中とは違い、リージーの使用人は立場をわきまえていたが、南部から来た花嫁に職務以上のことはしなかった。おしゃべりは職務の範疇ではない。リリエッタが手を替え品を替え話しかけても、「勤務中ですので、ご容赦ください」「お答えできかねます」の二言で終わってしまう。

自分は聞き上手だと自負していたリリエッタだが、それは今まで相手にしていたのが話したがりの南部の人間だったからであり、頑なな相手の心を解きほぐすには至らなかった。

◆◇◆◇◆

宣言通り、晩餐は見事なものだった。

朝と晩の食事は軽く済ませ、昼に正餐《せいさん》をとるのが通常だが、今日はリリエッタたちの到着が午後だったので夕食にフルコースが振る舞われた。

クリフの到着に合わせて狩りを行ったようで、塩漬けなどの処理をされていない鹿や猪《いのしし》の肉料理が惜しげもなく並べられていた。どれも歯ごたえが柔らかく、脂まで甘い。一口噛むごとに口の中に旨《うま》みが広がる。

気温が低い地域では食材が腐りにくいため、北では古くから肉の熟成が行われていた。

リリエッタが北部に嫁いで良かったと感じる数少ない瞬間は、美味しい肉を食べた時だ。

家畜は人間以上に気温に対してデリケートだ。暑すぎても寒すぎても駄目だが、特に家畜として一般的な牛、豚、鶏は暑さに弱い。

南部は漁業が盛んだが、動物がバテてしまうため酪農は少ない。鶏卵《けいらん》のための養鶏所《ようけいじょ》はあるが、他地域に比べると卵のサイズが小さく割高だ。

故郷では食卓に上がる動物性タンパク質は魚がメインで、次に加工肉。リリエッタの父が幼い頃は、まだ魔導具が発達しておらず燻製や塩漬けしかなかったが、近年は冷蔵保存された肉が南部でも出回っている。

しかしリリエッタは、冷蔵した生肉を調理したものが苦手だった。ソースで誤魔化しきれない獣《けもの》らしい臭《くさ》みがあり、ステーキのような焼き物は食べていると罠《わな》のように固い部位に当たることがある。脂身は噛みきりにくく、量が多いと気持ち悪くなる。

だが北部で出される肉は、ジビエであろうとクセが少なく、食べやすい。まさか肉の脂を美味しいと思う日が来るとは思わなかった。

肉の副菜として青豆に山羊のチーズをかけた品が出てきたので、覚悟を決めて食べたリリエッタは驚愕《きょうがく》した。

(確かにクセはあるけど、そんなにキツくない。これなら食べられるし、美味しいわ)

どうやら他地域に卸《おろ》すチーズは、クセの強さを求められているのでそのような品ばかりだが、地元で消費する分は食べやすいものから通好《つうごの》みのものまで、幅広く取り扱っているらしい。

リリエッタが顔を緩ませて食事を堪能《たんのう》していると、クリフがリージー伯爵に話しかけた。

「伯爵。図々しいお願いだが、この城の備蓄倉庫を見せてもらえないだろうか？」

「は？」

ぽかんとする伯爵に対して、クリフは大真面目《おおまじめ》な顔で繰り返した。

寝耳に水の話に、リリエッタも動きを止めた。

「恥ずかしい話だが領主としての経験が浅く、どのくらい備えたらいいのかわからない。貴殿の領主としての手腕を見込んで、参考にさせて欲しい」

リリエッタは馬鹿げた頼みをする夫の口を塞《ふさ》ぎたくなったが、深呼吸して耐えた。

「クリフ様。そのようなことを急に言われても、先方もお困りになるでしょう。平和な時代とはいえ――」

「構いませんよ」

「え？」

「大したものではございません。特に工夫などなく、先代から引き継いだ基準を維持しているだけですが、それでよろしければお見せします」

知り合いとはいえ他人に「自室のクローゼットを見せてくれ」と言われたようなものなのに、リージー伯爵は気分を害した風もなく答えた。

「かたじけない」

人が好さそうな笑顔の伯爵に、クリフはいつもの顰め面に近い表情で礼を言った。

「ブリーデンとは砦の規模が違いますので、そのあたりはご注意ください。うちは面積こそブリーデンの3分の2ですが、人の数は倍……いえ、人数に関しては今はどうなっているのでしょうか？」

「それは……」

友好的な態度で探りを入れられて、クリフは言い淀んだ。世の中はギブアンドテイク。不躾《ぶしつけ》なお願いを聞いてもらっておいて、こちらが質問に答えないのは流石に失礼すぎる。

クリフは飼い主を探す犬のような目で妻を見た。

今のクリフでは、リージー伯爵を上手く躱《かわ》すことは難しいだろう。

「……嘆かわしいことに偉大な先代を失ったブリーデンの砦では、著《いちじる》しい秩序の乱れがございました。何事も初めが肝要です。クリフ様の統治を盤石《ばんじゃく》なものにするため、あえて厳しい綱《こう》紀粛正《きしゅくせい》を行いました」

本当はリリエッタの立場を盤石にするためだが、そこはご愛敬《あいきょう》。

最初にガツンと噛ませばあとが楽になる。

身の程《ほど》をわきまえなければ容赦なく罰が下るとわかれば、大抵の人間は大人しくなる。内心彼女のことを嫌っていても行動に移さなければ構わない。人のふり見て我がふり直せばそれでよし。

今回リリエッタが使用人の処分を脅しで終わらせなかったのは、ここで情けをかけてしまえば「どうせ口先だけで罰することなどできないのだ」と舐《な》められるからだ。

たとえ王家が軽い罰で済まそうとしても、この件に関しては譲るつもりはない。

封建社会ではあるが諸侯の力が強い現在、王家は絶対的な存在ではない。

そのようなご時世にリリエッタは王命によって、国内でありながら敵地のような場所で生きることを強いられた。

彼女の状況を前面に出して交渉すれば、集団更迭《こうてつ》の実施くらいは勝ち取れるだろう。

「効果的だが、危険な行為でもある。その決断が間違いではなかったことを祈るばかりです」

表情は変わらないが、リージー伯爵の目は笑っていない。他領の粛正に何故こんなに反応するのかリリエッタは不思議に思ったが、その答えはすぐにわかった。

「実は私の姪《めい》――リンダが貴殿の砦で行儀見習いをしていたのです。ああ、過去形ですよ」

そう言って、伯爵はリリエッタの方をちらりと見た。

「まあ。もしやあの騒動が原因で、暇乞《いとまご》いをされたのですか？　……でもおかしいですわね。あの時、職を辞したのは身分制度を理解していなかった者だけですのに。まさか北部屈指のリージー伯爵家縁《ゆかり》の者が、そんな愚かな真似をするなど信じがたいですわ」

伯爵が糾弾《きゅうだん》してこようとしたので、リリエッタはすかさず封じた。

調べれば署名したかどうかは明らかだが、信じられない――記憶にないと言うことで、「いま引き下がれば、聞かなかったことにしてやる」と伝えた。

「……まさか。ちょうど良い機会だったので、嫁に出すため家に戻すことにしたのです」

リリエッタの意図を察した伯爵は引き下がった。

「無事勤め上げたのなら、わたくしが差配いたしましたのに」

勤め上げた使用人に良い縁談を用意するのは、女主人の仕事だ。

伯爵の弟の娘というなら、階級としては子爵もしくは男爵令嬢だろう。リージー伯爵の姪ということで、爵位は低いが肩書きは強い。

女主人不在の砦に行儀見習いに出たのは、結婚相手としてクリフを狙ったからに違いない。下働きの使用人とは違い、箔《はく》をつけるために行儀見習いになるのは良家の子女だ。

彼女たちは働きに出ているのではなく、良縁を求めているので、侍女としての仕事は手伝い程度で女主人の小間使《こまづか》いのようなことをする。

嫁いだ時点で働いていたというのなら、ブリーデンの新しい女主人となったリリエッタとは顔を合わせているはずである。

「ははは。ご冗談を。奥方はこの辺りになんのツテもないお方ではございませんか」

小娘にやられたままでは引き下がれないのか、余所者に縁談の世話は無理だと主張した。

「ああ。リリエッタは嫁いで間もなく、知り合いが少ないので、人脈作りに協力していただけるとありがたい」

「……」

南部出身のリリエッタよりも腹芸《はらげい》ができないクリフが、これまた真正面に受け取って返したものだから伯爵は閉口した。

「よろしく頼む」

「ええと、その。はい……」

伯爵は真っ直ぐ見つめられてたじろいだ。天然が勝利する様を見て、リリエッタは忍び笑いをした。

◆◇◆◇◆

リージーの保管庫は、内郭に独立した倉庫群として建てられていた。

中は5割ほど埋まっており、食料、藁《わら》、薪、布、医薬品と項目ごとに整理された状態で管理されている。

収穫期が終わる頃には穀物の貯蔵が増え、冬の前には大規模な豚の解体を行うので、これからもっと充実していくのだろう。

地面が雪に覆われている期間は、野草や落ちた木の実を食べさせることができないので、大麦などの穀類を豚の飼料にしなければいけない。家畜を養いながら冬を越すのは大変なので、最低限を残して間引きするのが北の習わしだ。

家畜の頭数、作物の出来は夏の終わりには確定するので、リージーではその時点で目標に届かないと判明したら、冬になって価格が高騰《こうとう》する前に余所で買いつけているという。

冬の間、人々は建物の中で集団生活を行うことになるが、そうすると毎年流感が発生する。

栄養をとって安静にすれば数日で回復する程度のものだが、北部の中でも人口密度が高いリージーでは馬鹿にできない。

リリエッタたちを倉庫に案内した伯爵は、

「食料と医薬品は、一般的な基準よりも多めに蓄えている」

と説明した。見せてもらった限りでは不審な点はなかったが、別の場所に秘密の保管庫があったり、裏帳簿がある可能性は否定できない。

備蓄の開示という、手のひらを見せるパフォーマンスに、リリエッタは警戒心を強めた。

◆◇◆◇◆

クリフが言い出したおかげで、リリエッタは伯爵家の女性陣とお茶会をすることになった。いずれ公爵夫人として社交する際に、避けては通れない相手なのでそれに関して不満はない。

「――……でね、今は伯父《おじ》のところで世話になっているようです。正直に申し上げて、城で一緒に暮らすのは勘弁して欲しかったのでほっとしていますわ」

「自信を持つことは大事ですがね。あの子はいささか自己評価が高すぎるのではと心配しておりましたの。血の繋がりはないものの一応姪なので気にかけておりましたが、気の毒な結果に終わってしまい残念です」

ほほほ、と優雅に微笑みながら、伯爵の娘であるブリュンヒルトとその母親は、リンダを貶《けな》した。

（彼女たちは親戚だけど、あまり仲が良くないようね）

伯父である伯爵はリンダを庇《かば》うような発言をしたが、2人の話を聞いている限りでは、あれは姪可愛さではなくリリエッタを批難する口実だったようだ。

ブリーデンの行儀見習いを辞したリンダは、父親が働くリージーではなく、母方の親戚がいるオードバートで暮らしているらしい。ちなみに結婚の予定はない。

伯爵の弟であるリンダの父は、現在も領主の補佐官としてリージーに住んでいるが、妻は傷心の娘に付き添って生まれ故郷であるオードバートに戻っていた。

なんとリンダの母は、オードバート侯爵の年の離れた妹だった。


例の署名をした者は、大半は採掘所に送られたが一部例外がいた。

それがリンダのような一時預かりの貴族だ。

リンダの場合は、リリエッタの断罪直後に退職している。リリエッタとしても公爵家からすれば爵位が低いとはいえ、多数の貴族を敵に回すのは得策ではないので、速やかに公爵領を出ることを条件に辞職を認めた。

リストに名が残る限り汚名を背負うことになるので、貴族として生きるには充分な痛手になる。落としどころとしては妥当だろう。

自業自得《じごうじとく》ならば、いくらリリエッタが憎くても攻撃する大義名分がない。

周囲を煽ろうとしても「当然の報《むく》いだろう」と白い目で見られてお終いだ。

「実はあの子、身の程知らずにも公爵閣下の妻の座を狙っていたのですよ。縁談を断られても、会えばなんとかなると思ったのか行儀見習いとして押しかけたのです」

「まあ、行動力がおありなのね」

「子供の頃から自信家で、現実が見えていないだけですわ」

押しかけたと言っても、先方が了承しなければ行儀見習いにはなれない。

暗にブリーデン側もクリフの花嫁候補として認めていた、と告げられても、リリエッタは動じなかった。

ふんわりと微笑んで受け流すリリエッタに、夫人もまた本心を悟らせない笑みを浮かべた。

「そうそう。あの人も、もう20歳でしょう。夢ばかり見ているうちにあっという間に年を取ってしまって。今回のこともありますし、もう良いご縁は望めないでしょうね」

ブリュンヒルトは楽しそうに言い放つと、クッキーをつまんだ。今年14歳のブリュンヒルトに婚約者はいないが、候補は複数いる。選ぶ立場だからか、いき遅れになったリンダへの評価は手厳しい。

そこに従姉妹《いとこ》への同情はなく、いい気味とすら思っていそうだ。

「母親が甘やかすからよ。まあその結果、あの年齢であんな愚かな振る舞いをするような娘に育ったのだから、親は責任持って最後まで面倒を見るべきよね」

リージー伯爵の夫人は、その弟の妻であるリンダの母親より立場が上だ。

だがリンダの母親はオードバート侯爵の庇護《ひご》を受けている。

2人の貴婦人は長い間、この城で序列争いをしていた。しかし片方が実家に戻ったことで、残った方が暫定的に勝利したという形になった。

その後も母娘の口からは辛辣な言葉が続く。

馬鹿な真似をしておきながら、侯爵の城で悠々と暮らしているリンダを夫人たちは苦々しく思っているようだった。

「あの母娘とは親しく付き合っておりませんが、それでも義弟の家族。しかも義弟は夫の右腕として働いているでしょう。いい迷惑ですわ」

（そういうことね）

夫人の言葉にリリエッタは合点《がてん》がいった。

先ほどからリンダを蔑み、身内の恥を余所者であるリリエッタに聞かせたのは、自分たちに火の粉がかからないようにするためだったようだ。

その後も2人の女性による優雅な陰口は続いたが、目的がわかったリリエッタは話半分で聞き流した。

◆◇◆◇◆

最初こそ皮肉げだったリージーの領主だが、クリフには全く通じないことを学ぶと無駄なことは止めた。

伯爵は牽制もしくはアピールとして倉庫を見せて解説したのだが、クリフはそれを「親切な先達《せんだつ》」と解釈した。リリエッタから実地教育で当主の仕事を学んでいるが、伯爵もまたクリフにとっては生きたお手本のような存在になった。

他家の当主だというのに、雛《ひな》のようにあとをついてまわろうとするクリフに段々伯爵は絆《ほだ》されていった。

伯爵の子供は娘のブリュンヒルトのみで、息子はいない。

跡取りについては、親族から相応《ふさわ》しい者を娘の婿にする予定だ。

幼い頃は優秀でも、成長するにつれて凡愚《ぼんぐ》になる可能性がある。また領主の座を約束されたことにあぐらをかかれても困るので、複数の候補を選出して、娘が適齢期になるまで競わせる形にしていた。

候補者たちと伯爵の関係は淡々としている。

学習状況を確認し、年に2回面談を行うだけ。

リリエッタが言った「中高年は素直な若者が好き」の法則は、伯爵にも当てはまった。

最初は苦笑いであしらっていたのに、終盤は伯爵自ら声をかけて、あれこれ教えるようになっていた。

クリフの呼び名がいつの間にか、「ブリーデン公爵」から「クリフ殿」に変化していたのは笑った。チョロい、チョロすぎる。

リリエッタの方はといえば、連日伯爵夫人に誘われて気を張る毎日だったが収穫もあった。

うっかり陰口に同意して言質《げんち》をとられないよう気をつける必要があったが、伯爵に命じられた夫人は、リリエッタの人脈を広げる手伝いをしてくれた。

リージー伯爵夫人というツテは強力なカードであり、この地の知り合いが一気に増えた。

世の中には富を貯め込むこと自体に満足感を覚える人種がいるが、大概《たいがい》の人間は使いたくて金を求めるし、金があれば使ってしまう。

滞在期間中にリージー伯爵家の生活ぶりに目を光らせたが、それらしき兆候は見当たらなかった。

試しに支援物資の横領を話題にしたところ、伯爵は「笑えない冗談だ」と帳簿を見せてきた。自らの潔白《けっぱく》を確信しているので、疑われたことを、管理能力を侮辱《ぶじょく》されたものと受け取ったようだった。

少なくとも領主夫妻に関しては、横領に関与していないとリリエッタは判断した。

◆◇◆◇◆

「奥様。お客様がお見えです」

ブリーデンに戻って数日。留守にしていた間のことを確認しつつ、オードバートに向かう準備をしていると先触《さきぶ》れなしの訪問が告げられた。

「わたくしに来客ですか？」

砦の立て直しとクリフの教育に奮闘しているリリエッタは、公爵夫人としての社交は二の次になっている。リージーで人脈を広げたが、彼女たちの住まいはブリーデンから離れている。

訪問客の心当たりがないリリエッタは首を傾げた。

「ベルクのガルテンと名乗る方です」

「ああ！」

リリエッタは備蓄の確認後に、実家に手紙を送ったことを思い出した。

「知り合いなのか？」

「実家と付き合いのある万屋《よろずや》の方です。今回は運び人として、物資を持ってきてくれたのでしょう」

自分で指名しておきながらリリエッタはすっとぼけた。

「荒事にも慣れている方たちなので、普通の運び人と違って野犬や山賊にも対処できるのですよ」

「それは傭兵じゃないのか？」

「故郷ではわりと一般的な職業です。北部と違い、南部は少し前まで領地戦が盛んでしたから」

北部には魔獣という共通の敵がいるが、他の地域で人の敵は人だ。

特に南部は領地面積が富に直結するので、土地の奪い合いが激しかった。

領主が無能だと判断すればすぐに攻め込む。土地を荒らしては元も子もないので、領地戦は短期決戦で人的被害を最小限にするのが暗黙の了解だ。

結果として有能な領主が土地を治めることになるので、これも自浄作用の一種だと王家は見ぬふりをしていた。

時代の変化と共に「武力で土地を争奪するのは野蛮《やばん》な行為」と言われるようになったのと、近年はサウス公爵家が南部のまとめ役として、各地の調整を行っているので、頻度は減ったが完全になくなったわけでもない。

祖父の代はまさに群雄割拠《ぐんゆうかっきょ》の時代だったらしいが、リリエッタに領地戦の経験はない。

「私兵を抱え込むと戦の準備と誤解されますが、治安維持のためにも領地に戦力は確保したいので一部を民間で補っています」

市内の巡回、大店《おおだな》の警備、商人の道中の護衛。地域によっては犯罪捜査や、犯人の取り調べすら委任していることもあるらしい。

「俺の想像する南部はもっとこう……楽園のような場所だったんだが、結構物騒な土地なんだな」

リリエッタの説明を聞き、クリフは複雑そうな顔をした。

「ガルテンはベルクのリーダーです。貴族ではないので、礼儀に関しては大目に見てくださいね」

「心配いらない。俺の戦友もほとんどが平民だ。少々のことで目くじらを立てたりはしない」

「それはようございました」

クリフから言質をとったリリエッタは、応接室に向かった。


「嬢ちゃん！　マジで嫁さんになっちまったんだな。ちょっと前まではあんなに小さかったのになぁ。時の流れは早いなあ。あっ！　隣にいるのはダンナかい？　あっしはガルテンってモンです。このお嬢ちゃんの手綱《たづな》を握るのは大変でしょう。男のプライドってもんがあるかもしれねぇけど、夫婦円満の秘訣はヘタにコントロールしようとせず任せちまうことですぜ！」

扉を開けるなり立て板に水の勢いで話しかけられて、クリフは固まった。

少々のことでは目くじらを立てないと宣言したが、これは少々どころの話ではない。

指揮官に就任した際、公爵家のお坊ちゃまに洗礼を浴びせようとした魔獣戦線の連中なんて足下にも及ばない。思えば彼らは北部の人間だったので、態度で反抗心を示していた。

対してガルテンは好意的だが、こちらの話も聞かずぐいぐい来る。

リリエッタとは穏やかな会話が成立していたが、結婚式のためにやってきた南部の連中とはそもそもろくに会話をしていない。

初めて経験する南部の一般的な会話に、クリフはどう応えたらいいのかわからなかった。

「かかあ天下は天下泰平《たいへい》ってことでさ。あっ、これはあっしの経験則でね。うちの母ちゃんも

――」

（どうしよう。こちらは何も反応していないのに、気にせず話し続けているぞ）

止めなければずっとしゃべり続けそうだ。

クリフは困った顔で、リリエッタを振り返った。

「ガルテン。はるばる北部まで来てくれてありがとう。荷物を確認したいのだけど、どこにあるのかしら？」

「中身を確認してもらいたかったんで、倉庫の外に置いてますぜ。他の連中もそこにいるから、顔見せてやってくだせえ」

笑うと目尻の皺《しわ》が浮き出るガルテンは、年齢的には40か50といったところだろうが少年のように屈託《くったく》がない。

裏表がなさそうな男だ、とクリフは思った。

「今回は何人で来たの？」

「出発時は13人だったけど、途中でトラブルに巻き込まれちまったんでアベルだけ別行動になっちまいました」

「……あらまあ。それは大丈夫なのかしら？」

「心配には及びませんぜ。アイツは子供ん頃から各地を放浪してっから、大抵のことには対処可能でさ」

「……なら安心ね」

リリエッタがベルクを指名したのは、盗賊に襲われても撃退できるからではない。

物資の横領について、信頼できる手駒《てごま》を使って調べたかったからだ。

ベルクはリージーを通ってブリーデンにやってきた。大荷物を積んだ馬車が通れる道は限られているので、国からの物資と同じルートのはずだ。

ベルクのリーダーはガルテンだが、一番腕が立つのはアベルだ。

そしてアベルは単独調査が得意だ。

その彼が隊を離れたというのなら、リリエッタの意を察して行動しているに違いない。

「ブリーデンのダンナ。アベルの奴にはことが済み次第、嬢ちゃんのところに顔出すように言ってるんで、もし訪ねてきたら歓迎してやってくだせえ」

「ああ。仕事とはいえ遠路、荷物を運んでくれたことに感謝する。部屋を用意するから、君たちは暫く休んでいくといい」

ガルテンのような身分の者は、一般的に厩舎や納屋《なや》を貸す程度なので破格の待遇だ。

南から来たということは、彼らは国をほぼ縦断したということだ。ただ単に移動するだけでも大変なのに、重い荷物を破損せず運ぶとなると相当な苦労だ。

侍女長はいい顔をしないだろうが、彼らの労働の恩恵を受ける立場としてクリフは感謝の意を示したかった。

「太っ腹なダンナだな！　嬢ちゃん、この男前離すんじゃねぇぞ！」

「ガルテンはもう少し声を抑えましょうね。見なさい、廊下の端まで聞こえてるみたいだわ」

公爵に対して「太っ腹なダンナ」など怒りそうなものだが、ガルテンのあっけらかんとした態度のせいか、会話を耳にした侍女たちは笑いをこらえていた。

そうこうしているうちに、３人は倉庫に到着した。

結局ガルテンは少し声量を抑えたものの、道中ずっとしゃべっていた。黙ると死ぬのかもしれない。

（この男なら天気の話だけで1時間語れそうだな）

クリフはあまり饒舌《じょうぜつ》ではないが、全く羨ましくなかった。

倉庫は外に建てられているので、扉の前には広いスペースがあった。そこにところ狭しと積まれた、民家2軒分はあろうかという木箱の山にクリフは瞠目《どうもく》した。

「こんなに!?　これだけあれば、例年通りの予算で冬を過ごせるぞ。ありがとうリリエッタ」

横領された物資を補うべく冬支度の予算の拡大を考えていたが、サウス公爵家からの心遣いでその心配はなくなった。

「お礼は父に。伝書鳩《でんしょばと》もありますが、事故が怖いのでガルテンに託した方が確実です。言っておきますが、今回は特別です。たまになら許されるでしょうが、あてにされては困りますからね」

釘を刺してくる妻にクリフは笑顔で頷いた。

初めて夫が笑う姿を見たリリエッタは、僅《わず》かに目を見開くとこほんと咳払《せきばら》いした。

「感謝の気持ちが本物なら、お礼状はお一人で書いてください。晩のお茶会で採点します」

「お貴族様は、夜にもお茶会すんのかい？」

「ブリーデン《うち》の恒例行事です。お礼状は貴族の嗜《たしな》みです。ささっと書けるようにならなければいけません」

「まさか今日の夜までに書けというのか!?　もう日が落ちる。彼らは屋敷に滞在するのだから明日でも――」

「駄目です。手早くしたためる練習なのですから、締め切りは今晩です」

リリエッタに圧をかけられたクリフは、慌《あわ》てて執務室に向かった。

「――さて、ガルテン。随分大胆な役作りをしましたね」

「一応教育はしたんですが、アベルのアレは長い時間かけて染みついたもんですからね。あいつが不興《ふきょう》を買わないよう、もっと無礼な男でハードルを下げておこうかと思いまして」

笑みを浮かべたままのガルテンだが、口調も雰囲気もがらりと変わった。少年のような屈託のなさは消え失せ、経験を重ねた男の渋さが滲み出る。

本人の雰囲気ひとつで、ヨレヨレの服と無精髭《ぶしょうひげ》が「無教養でだらしない」から「野性的な魅力」に変化するのだから面白い。

「積み荷の件ですが、釣れるかなと思いサウス公爵家からの私的な支援であることを伏せて行動したところ、見事に引っかかりました」

「国からの追加支援だと勘違いしたのね」

「ええ。リージーで馬車1台分手放すことになりましたが、どこに持っていくのか泳がせています」

「……領主が主導しているのかしら？」

あの伯爵が関与しているとわかれば、クリフはショックを受けるだろう。

「今はまだなんとも」

少なくとも積み荷を奪われるところまでは、領主の影はなかったようだ。

できればクリフが傷つく結果にならなければいい、とリリエッタは思った。

「これから冬が始まるわ。アベルひとりで大丈夫かしら」

「むしろ北の地に不慣れな部下がいた方が足手まといです。あいつはベルクに入るまで各地を放浪していたので、北の山だろうと問題なく野営できます」

ガルテンが言い切るのだからそうなのだろう。

「夫君と良好な関係を築かれたようで安心しました」

結婚してまだ半年も経っていないのに、完全に手懐《てなず》けている。

「良くも悪くも素直な方なので」

苦笑するガルテンに、リリエッタは満面の笑みで答えた。

◆◇◆◇◆

隣国マローリーと国境を接するオードバートは、華やかな都市だった。

窓を開ければ、馴染みのない香辛料《こうしんりょう》の香りが馬車の中に入ってきた。

「クリフ様。これはなんの香りですか？」

「あそこで売られている煮込み料理だ。この地方の名物だから、何カ所かで売られている。城でも出されるかもしれないな」

「楽しみです」

風味が独特なので好き嫌いが分かれるらしいが、リリエッタは少なくとも匂いを嗅いだ限りでは美味しそうだと感じた。

「クリフ様はこの町に詳しいのですか？」

「子供の頃、何度か父に連れられて来たことがある。あの時は城に滞在したが、成長してからは魔獣を売るために立ち寄る程度だ。公爵家の人間としての訪問ではないので、町の宿を利用している」

それで屋台に詳しいのか、とリリエッタは納得した。

「仕留めた魔獣はブリーデンではなく、オードバートに卸すのですか？」

「こちらの方が多くの行商人がやってくるので、高値で引き取ってもらえる。移動の手間や旅費を差し引いても、オードバートに持っていった方が利益はある」

「なるほど。裏を返せば、高値で売れるならオードバートである必要はないということですね」

「そうだな」

侯爵やこの地の商人と契約しているわけではないのなら、良い取り引き相手を見つけられればもっと楽に売買できる。

リリージーは街道のみならず町作りも計画的に行われていたので、道は基本真っ直ぐで、メインストリートから枝分かれするように広がっていた。

マローリーは同盟国だが、いつどうなるかわからないのが世の常なので、オードバートは攻め込まれた時のことを考えた作りになっている。

町中は敵が突進しにくいようカーブした道が多い。敵の勢いを削《そ》ぎ、迎撃しやすくするために袋小路《ふくろこうじ》が多く、道幅が狭くなったり広くなったりと一定ではない。

国境都市としては頼もしい限りだが、見方を変えれば、もし北部で領地戦が起こった時に籠城しやすいということだ。

5章　思わぬ再会

オードバート侯爵は、リージー伯爵のように門前で出迎えることはなかったが、入城したリリエッタたちはその足で侯爵の元へ通された。

「クリフ殿、そして奥方。ようこそいらっしゃいました」

結婚式ぶりに見る侯爵は、四大都市を統《す》べる領主の中では最高齢の56歳だ。

21歳のクリフと並ぶと、祖父と孫くらい離れている。眼光鋭い初老の侯爵は、若かりし日はさぞ色男だったのだろう。

クリフが当主就任時や結婚式での不義理を詫びると、侯爵は涼しげな目元を和《やわ》らげて、

「そんなこともありましたな。年を重ねると、大概のことは些事《さじ》になるのですよ」

と鷹揚《おうよう》に答えた。

「理由はどうであれ、これからの北を背負って立つクリフ殿と、南との架け橋となられるリリエッタ殿にお越しいただき光栄です。此度《こたび》の滞在がお二人にとって実りあるものになることを祈るばかりです」

理解ある年長者といった態度の侯爵に対し、クリフは「お心遣いありがたく存じます」と述

べた。

始終和やかな雰囲気で挨拶を終えると、

「お二人が快適に過ごされるよう、滞在期間は専属の者に世話をさせます」

と、侯爵は使用人を呼んだ。


「!?」

入ってきた侍女の中に、リリエッタは見覚えのある顔を見つけた。

「姪のリンダです。どうやら奥方とは不幸な行き違いがあったようですが、こうして我が領に足をお運びいただいたのも何かの縁。これを機に和解されてはいかがでしょうか」

クリフの無礼を些細なこと扱いしたのは、姪がブリーデンの砦でしたことも同様に許せと言うためだった。

挑発的な微笑みを浮かべて頭を垂れたリンダは、かつてリリエッタをいびろうとしたリーダー格の侍女だった。薔薇《ばら》の花のような紅《くれない》の髪に、蔦《つた》のような濃い緑の瞳。目鼻立ちがはっきりしていて、気の強そうな顔は、棘《とげ》を纏う薔薇の化身のようだ。

「実はリンダはクリフ殿に憧れておりましてな。お近づきになりたいあまり、親の反対を押し切って行儀見習いになってしまったのです。しかしクリフ殿は前線で過ごされることが多く、

そうこうしているうちに王命で結婚してしまわれた。いやなに、お二人に責任はございません。しかしこの娘の気持ちも慮ってやって欲しいのです」

にこやかに告げるが、この筋書きを飲み込めという圧が込められている。

「……そうですね。失恋のショックで、正常な判断ができなくなる者がいると聞いたことがございます。まさか本当にそのような方を見るとは思いませんでしたが、そういうことでしたら仕方がございませんね。ただし判断力を失っていたとはいえ、王命に反する行動をしたのは事実。その件については既にわたくしの手を離れておりますわ」

リリエッタは嫌がらせについては許すが、署名に関してはフォローしないと宣言した。

「ブリーデン公爵夫人の立場をもってしても、世の中にはできることとできないことがございます。そこまでは望んでおりませんよ」

引き下がると見せかけて皮肉を混ぜるところが、なんとも昔ながらの北部の人間といった感じだ。

「クリフ殿。長年あなたを慕い続けた娘に、最後の思い出を与えてやりたいのです。リンダを貴殿の担当にさせていただけませんか？」

「そ――」

「まあ、侯爵様。諦めなければいけないからこそ、これ以上未練を残すような真似は避けるべきです。和解の証《あか》しとして彼女はわたくしの専属にしていただきたいわ」

クリフが了承したら面倒なことになるし、彼が上手く拒否できるとも思わない。

迂闊な発言をさせないために、無礼は承知でリリエッタは言葉を被せた。

「何年も一途に想い続けたのですよ。終いには親元を離れて慣れない環境で働いていたのです。少しくらい報われても良いのではないでしょうか」

「いいえ、諦めると決めたのなら、半端《はんぱ》なことをしてはいけません。まだお若いといっても、これ以上時間を無駄にしないよう距離を置くべきです。ねえ、クリフ様？」

「あ、ああ。悪いが俺は君の気持ちに応えることはできない。妻の言う通りだ」

美しいと自負しているのだろう微笑みを、クリフに向けていたリンダの表情が凍った。

拒絶されたと理解した瞬間に血の気を失った顔は、衝撃が通りすぎたあとは屈辱《くつじょく》で赤く染まった。

とどめを刺すつもりで話を振ったリリエッタが言うのもなんだが、クリフの言葉は容赦なさすぎて、女として思わずリンダに同情してしまった。

クリフがきっぱり拒否したことで、リンダはリリエッタ付きとなった。

和解が形だけというのはお互い承知の上だったので、リンダはリリエッタに個人的に謝罪することもなければ、心を入れ替えて仕えるということもなかった。過去に嫌がらせをしてきた——しかも自分は頭を下げず、保護者を使って揉み消そうとした人間を側に置くのは腹立たしいが、リリエッタはリンダを自由に行動させるつもりはなかったので専属から外さなかった。

リンダは伯父と恋敵の面前で、長年追いかけていた男に振られてしまった。クリフへの感情が可愛さ余って憎さ百倍になってもおかしくない。

リリエッタの目的は監視なので、リンダが仕事をしなくても構わない。今もやる気なさげに爪を弄《いじ》ったりしているが、隙を見て何か仕掛けられてはたまらないので、自衛のために身の回りのことは連れてきた侍女に任せることにした。

◆◇◆◇◆

リージー伯爵がクリフの訪問を受け入れたのは、生意気な若造に一言言ってやるためだった。

一方、オードバート侯爵の場合は、身内の不始末について糊塗《こと》するためだ。

侯爵の立場であれば、外に嫁いだ妹の娘であろうと醜聞《しゅうぶん》は避けたいのだろう。このあとは当事者間で和解が成立した事実を使って、姪のしたことを上手く処理するに違いない。

リージー伯爵と違い、用件が済んだ侯爵は、初日こそ時間をとったものの翌日以降、ブリーデン公爵夫妻の前に姿を現すことはなかった。

侯爵は上辺《うわべ》では、若きブリーデン当主を歓待していた。

城の中で最も格式の高い客室を用意し、使用人が休む部屋にも心配りを忘れない。専属の使用人をつけて滞在中に不自由がないよう取り計らい、城下町や近隣の観光地に足を運べるよう手配した。

侯爵のことなど気にせず、城を宿代わりにしてバカンスを楽しんでくれ、と言わんばかりの態度だった。実に厄介だ。

進められるがままに遊びに出かけてしまえば相手の思うつぼ。新しいブリーデンの主は恥知らずで常識がない、と噂が飛び交うだろう。クリフとリリエッタ個人を批難して終わるならまだしも、公爵家そのものを引きずり下ろそうとするかもしれない。

リリエッタたちは滞在期間を可能な限り短縮して、揚げ足を取られないよう注意深く振る舞うしかなかった。


「……実に北部らしい歓待でしたわね」

「誰もがこうというわけではない」

帰りの馬車に乗り込み、リリエッタはようやく気を緩めることができた。

「ええ、わかっております。リージー伯爵は違いましたもの」

リージー伯爵は、良くも悪くも普通の人間だった。

蔑ろにされたら腹を立て、相手にチクリとやり返す。慕われたら悪い気はせず、つい世話を焼いてしまう。

嫁と娘は、貴族女性によく見られる陰湿さと、高い矜持《きょうじ》の持ち主だった。好ましいかと言われると微妙だが、わかりやすくて付き合いやすくはある。

「ああ。伯爵は尊敬できる御仁だ。侯爵も今回は俺の不手際《ふてぎわ》に思うところがあったから、あのような態度をとられたのだろう」

滞在中に何度か面会を申し込んだが、繁忙期で時間がとれないとすげなく返されてしまった。自分の体面を傷つけないために、城を発《た》つ際には顔を見せたが、それも別れの挨拶を告げるごく短時間だけだった。

食事に至っては一度も共にしていない。

「……思うところがあるのが、それだけであれば良いのですがね」

「他にあるのか？」

「この町の発展具合、そして威信《いしん》を示すような豪奢《ごうしゃ》な城——外見こそ北部の一般的な城ですが、王都の大貴族の邸宅と同等の内装でしたわ。そんな人物が二番手で満足するでしょうか」

「ブリーデンの上に立とうとしていると？」

「少なくとも、わたくしだけではなくクリフ様にも良い感情を持っているとは思えませんでしたわ」

クリフの無礼は完全にこちらの落ち度だが、だからといって侯爵のしたことと釣り合いがとれるかといえばリリエッタはそうは思わない。

リンダの件は手打ちにするだけならまだしも、クリフ付きの使用人にしようとしたのはいただけない。完全に第二夫人目当てだ。

侯爵の都合を確認して訪問したにもかかわらず、初日と最終日以外、顔も見せなかったところや、リリエッタたちに落ち度を作らせようとしたのも不愉快だった。

ブリーデンは北部の最北端から中央を治めている。北側の国境の全てがブリーデンの領地というわけではないが、土地の構造的に侵入が難しいので、魔獣が現れるのは専らブリーデンの魔獣戦線がある地域だ。

つまり北部の中でも、魔獣の亡骸を手に入れられるのはブリーデンのみ。

オードバートの繁栄の一端は、クリフが持ち込んでいた魔獣が担っているに違いない。

リリエッタは、今後オードバートに魔獣を卸さないことを決めた。

侯爵に義理があるわけではなく、買い取り価格が高い理由だけで、クリフはオードバートに魔獣を持ち込んでいた。特に契約も交わしていないし、余所に流しても文句は言えまい。

「……君の言いたいことはわかるが、その……北部の年寄りは大体あんな感じだぞ」

「……まさか」

「いや、本当に。あまり交流はないが母方の祖父母は健在だ。もし嘘《うそ》だと思うなら、来年一緒に訪ねてもいい」

「謹《つつし》んで遠慮いたしますわ」

「だろうな。なんというか愛想がなくて、年配者は気を遣われるのが当然という考えで、不満があれば態度で示すんだ」

なんだその面倒くさい生き物は。

態度で示して許されるのは赤子《あかご》だけだ。老人がやってても可愛くもなんともない。

「……クリフ様は、そんなお年寄りにはならないでくださいね」

「努力する」

リリエッタは結婚当初のクリフを思い出した。

なんということだ、既に片鱗《へんりん》を見せている。

「わたくしは可愛いお婆《ばあ》さんを目指します。クリフ様も可愛いお爺《じい》さんを目指してください」

「俺もか!?」

「ええ。可愛いお年寄りは皆に大切にされます。年を取れば他人の手を借りることが増えるので、助けてもらいやすい人間にならなければいけません」

「……可愛い婆さんはなんとなく想像できるが、爺さんとなると皆目《かいもく》見当がつかないんだが」

「ブリーデンの城にも、お手本になりそうなご老人は何人かいらっしゃいますわよ」

リリエッタは参考になりそうな使用人を何人か挙げた。

◆◇◆◇◆

リリエッタたちが乗る馬車がブリーデンの外楼門をくぐると、城の方から早馬がやってきた。

「奥様に面会を求める男が来ております」

「わたくしに？」

いつぞやと似た展開だ。

馬車と併走する伝令係の口から出たのは、本隊と離れて単独行動していたアベルの名だった。

アベルがリリエッタの客人であることが確認できたので、伝令係は馬の腹を蹴ると一足先に城へ戻った。

自称・公爵夫人の知り合いを城内に入れることはできないので、内楼門の外で待たせているのだろう。

町中で馬車の速度を上げるのは危険なので、リリエッタたちはそのまま進み続けた。

「アベルお久しぶりね。随分見違えたものだから、一瞬誰かわからなかったわ」

口元に手を当てて笑うリリエッタに、アベルはガシガシと頭をかいた。

ボロボロの旅装束《たびしょうぞく》は、元の生地《きじ》の色がわからないくらいくたびれている。

「ご無沙汰しております。身だしなみに気を遣う必要はないな、と放っておいただけなんですが、そんなに違いますか？」

「浮浪者に見えるわ。城の者が警戒したのも当然ね」

「水浴びはしてたんですが」

言葉通り水で洗い流していただけの髪はバサバサで、汚れを落としきれておらず、ややベタついて見える。伸びっぱなしなのは髪だけではなく髭もだ。

「用意させるから、湯浴《ゆあ》みしてきなさい」

「いや、そんなリリエッタお嬢さ――奥様を待たせるわけには」

「わたくしも長距離の移動を終えたばかりなので、身支度を調《ととの》えたいわ。お互い様よ」

野宿を繰り返した服は酷く薄汚れていて、もしかしたら町中で調査した時に浮浪者を演じていたのではないかと疑うほどだ。

アベルが座っている場所を、侍女のミラが険しい顔で睨んでいた。

リリエッタの手前我慢しているが、彼が触れた場所を掃除《そうじ》したくてたまらないのだろう。

間もなく日が落ちるので、リリエッタは身を清めたアベルから晩餐の席で話の続きを聞くことにした。


「見違えたわね。絶対にそちらの方がいいわ」

「久しぶりに石けんを使って、髭を剃《そ》っただけなんですがね」

癖で頭をかこうとしたが、今は食事中だと気付いてアベルはすんでのところで踏みとどまった。無意識に首や頭を触ってしまうのはアベルの悪い癖だ。相手が同じ平民であれば問題ないが、雇い主や高貴な人物の前でやってしまうといい顔をされない。

昔はこんな癖はなかった。いつの間にか身にしみついていたこれは、おそらく誤魔化したい気持ちがある時、何かに触れて安心したくて手が伸びるのだ。

不自然な位置で手を止めたアベルを見て、リリエッタは笑った。

長い付き合いなので、彼が何をしかけたのか彼女にはお見通しだった。

「それが大きな違いなのよ。ミラもそう思うでしょう？」

「え⁉　えっ、ええ！」

急に話を振られたミラは、顔を真っ赤にして動揺した。

ミラをはじめとする侍女たちは、身なりを整えたアベルを見てからずっとこの調子だ。

何せこの男、すこぶる顔がいい。

アベルが身だしなみに頓着しないのは、気をつけたらそれはそれで面倒なことになるからだ。ほどほどに小汚ければ余計なトラブルを生まず、ちょうど良いとすら思っている。

髭だけではなく髪も整えたので、自然なウェーブがわかる程度に髪が短くなっている。伸びた前髪に隠れていた瞳も、今はしっかり晒していた。

髪も目も暗色《あんしょく》で、異国の血が入っているので肌が浅黒い。目立つ色彩ではないし、華やかな容姿でもないのだが、荒野に生きるしなやかな獣のような一種独特な雰囲気に目が引き寄せられる。

年の頃は三十路《みそじ》だが、幼い頃から過酷な環境で生きていたのでもっと年嵩《としかさ》に見える。

（そういえばエルギ様も30歳くらいだったわ）

正確には28とかそのあたりだったはずだ。

ランベルトはアベルとは反対で、つぶらな瞳や肌艶が良いおかげで実年齢よりも若く見えるタイプだ。

「そうだわ。クリフ様、魔獣の件ですが、アベルに持って帰ってもらいましょう」

「どういうことだ？」

「南部で売るのです。アベル、暫くこちらに滞在できる？」

「ガルテンさんから、奥様の指示に従うよう言いつけられていますから大丈夫です」

「よかった。ならクリフ様が魔獣討伐に出ている間、わたくしの護衛を頼めるかしら？」

「リリエッタ!?」

「クリフ様。わたくしとアベルは故郷にいた頃からの付き合いです。護衛の腕も、人間としても信用できます。代役が見つかってよかったですわ」

目を輝かせるリリエッタを見て、クリフは複雑な気持ちになった。

誰が関与しているかわからない状況なので、アベルは人払いした状態でリリエッタに調査結果を報告したかった。彼女もまたアベルから内密に話を聞くために、護衛の任を与えて側に置くことにした。

リリエッタが北の地にやってきて、まだ半年も経っていない。

慣れない土地で気を張る毎日を過ごし、信頼できる者は少ない。昔馴染みのアベルを側に置きたいと望んでもなんら不思議ではない。

周囲もそう考えるはずだ。懸念《けねん》があるとすれば、アベルが男前すぎることだけ。

「今回はお試しということで、アベルが持って帰れる量にしましょう。父を介せば、安心安全な取り引きを行ってくれるはずです。オードバートに持ち込むよりも利益が出るとわかったら契約を結びましょう」

狩ったあと、直接持ち込めるオードバートとは違い、南部へは人を雇って運搬しなければいけない。利益を出すためには、護衛と運び人をまとめてこなせるベルクと契約するのが一番だろう。

頭《かしら》であるガルテンや、その右腕であるアベルは滅多《めった》に来ないだろうが、その他のメンバーであろうとベルクの人間が行き来してくれれば、リリエッタが北部で使える手駒が増える。

人間がひとりでできることには限りがある。

リリエッタが公爵夫人としてやっていくためには人手が必要だ。この地で信頼できる相手を見つけなければいけないが、既に信頼関係を築いている相手を引き込めるのであれば逃す手はない。

オードバートへの意趣返しと、手札《てふだ》の補充。両方が叶ったリリエッタは上機嫌で食事に手をつけた。

レンズ豆と兎肉の煮込みを、ライ麦のパンに載《の》せて食べる。

舌で潰すだけでほろりと崩れる肉は、ハーブで臭みを取り除いているのでクセがない。城ではハーブの他に林檎などの果樹、食用油となる西洋油菜《あぶらな》、豆類、蕪《かぶ》などの根菜類、ウイキョウやセロリを育てている。

運河のある南部に比べると北部ではスパイスの流通が少ないが、その分ハーブを多く使っているので味付けに不満はない。

他地域の貴族は小麦粉だけで作った白パンを好むが、北部では身分に関係なく栄養価の高いライ麦のパンを食べている。故郷で食べていたパンに比べると、どっしりして腹持ちがいい。最初の頃は独特な酸味に驚き、食べるのに顎《あご》が疲れるので最低限しか手をつけなかったが、今では酸《す》っぱさだけではなくナッツのような深い味わいを楽しむ余裕が出てきた。それでもリリエッタが食べる量は変わらないが。

この日はアベルという客人がいたので、デザートがついていた。

いつも夜はパンとチーズ、メインの料理でお終いだが、今日は食事の締めくくりにサンボ《チーズ》ケード《ケーキ》が出された。

口に入れるとローズとエルダーフラワーの香りが広がる。コクのあるチーズは、軽快な甘みと酸味があり、小食なリリエッタでもペロリと食べられた。

明るい表情で食事を堪能するリリエッタとは対照的に、クリフは物憂《ものう》げな表情で黙々と目の前の料理を口に運んでいた。

アベルはクリフの反応に見覚えがあった。

妻や恋人、もしくは娘といった大切な女性を、アベルに奪われるのではないかと憂いている男の表情だ。

漠然《ばくぜん》とした不安があるが、アベルを遠ざけるのはプライドが許さない。故に黙って見ていることしかできない。

リリエッタはアベルに熱い視線を送ったり、疑わしい発言をしたりはしない。アベルの方もクリフの知らない話題を振らないし、リリエッタとは彼女が子供の頃からの付き合いだが、今は人妻なので馴れ馴れしくならないよう気をつけている。

そんな適切な距離を保つ2人を疑うのは愚かな真似だ——そう己を戒《いまし》める。

今のクリフはそれら全てを無意識に行っている。

彼が抱えている靄《もや》は、自分の気持ちを自覚し、リリエッタと話し合わなければ解消されない。

アベルは別行動をする前に、ガルテンから2人の状況を聞かされていた。

顔合わせからずっとクリフはリリエッタを蔑ろにしていた。虐《しいた》げてはいなかったが、妻として歓迎も尊重もしていなかった。

そんなクリフを、リリエッタは公衆の面前でやりこめたという。

表向き丸くなる前のリリエッタを知るアベルには、その光景がありありと想像できた。

体面を傷つけられて、てっきり更に冷え込んだ関係になっていると思ったが、案外2人は上手くやっているらしい。だが気持ちがあるが故に、面倒なことになる可能性を孕《はら》んでいる。

リリエッタがクリフをどう思っているのかはわからないが、寛《くつろ》いだ様子で食卓を囲んでいるのだから嫌ってはいないのだろう。

この婚姻が王命である以上、よほどのことがなければ覆ることはない。別れるのが難しいなら、2人には仲睦《なかむつ》まじく——少なくともリリエッタには、幸せになってもらいたい。

若い2人の仲を取り持ちたいところだが、生憎アベルはこの手の問題が不得手だ。

そんなつもりはなくても修羅場《しゅらば》に巻き込まれることが多かったので、回避することばかり覚えてきた。数多《あまた》の女性から秋波《しゅうは》を送られてきたアベルだが、実は妻どころか恋人もいない。今は恋人がいない、ではなく、生まれてこのかた一度も恋人がいない。

女に関心がなかったわけではない。

若い頃は好みの女性に笑みを向けられたら心が騒いだし、挨拶ひとつで舞い上がった。昔は当然のように、いずれ結婚して妻と子供と暮らすだろうと考えていた。

だが成長するにつれ、話したこともない女性に執着《しゅうちゃく》されたり、パートナーのいる女性に惚れられたりと厄介な目にあうようになった。身に覚えのない痴情《ちじょう》のもつれに巻き込まれ続けるうちに、恋愛にも結婚にも夢を持てなくなった。

厄介事から逃げ続けてきたので、アベルは社交性が低い。

ガルテンという面倒見のいい理解者に出会えたことで、ベルクの従業員として社会に適応できているにすぎない。

（こんな俺が男女の仲に介入してもろくなことにならない。逆に事態をややこしくさせるのが関の山だ）

もしここにいるのがアベルではなくガルテンだったら。きっとクリフと酒を酌《く》み交わして適切なお節介《せっかい》を焼いただろう。

クリフの心が乱れたのは相手がアベルだったからなのだが、すっかりその点が抜け落ちたアベルは砦を訪れた順番が違ったことを申し訳なく思った。

◆◇◆◇◆

出会った時からリリエッタはクリフの妻であり、それ以外の何ものでもなかった。

クリフが初めてリリエッタの名前を知ったのは、打診《だしん》という名の命令が書かれた書簡《しょかん》だった。

そして実物を見たのは夏の終わり頃、南部の一団を引き連れて入城してきた時だった。

最初から妻として認識していたので、どんなことがあろうと、その点は変わらないと思っていた。

あの日、クリフはリリエッタに反撃されて、初めて彼女を1人の人間だと認めた。彼女は王家が用意したお飾りの人形ではなく、蔑ろにされれば牙を剥く、決して侮ってはいけない存在だと痛感した。

リリエッタと共に過ごすようになってからは、年下でありながら領主と領主夫人、両方の仕事をこなす姿を見て、人間として格上だと感じるようになった。不出来な自分を見捨てず仕事を教えようとするリリエッタを、教師のように思っていたかもしれない。

余所者だった妻は、いつの間にか誰よりも身近な存在になっていた。


前線に行くための準備を終えたクリフは、リリエッタに出立《しゅったつ》の挨拶をしようと執務室を訪れたが不在だった。

先代の頃は、当主の執務室と書記官の部屋は分かれていたが、日々の業務を見直すにあたりリリエッタが2つを合体させた。今も当主の執務室はあるし、重要な書類はそちらで取り扱うが、日常業務はこの部屋で行っている。行き来するのは時間の無駄だ。同じ空間で作業すれば、聞きたいことがあればすぐに確認できるし、迅速《じんそく》に決裁できる。上の意思決定が早いと、現場がスムーズに回る。

家令と執事長は「格式が……」と、初めはいい顔をしなかったが、実際に働き出せば「何故今までやらなかったのだろう」というレベルで楽になったので、文句を言わなくなった。

今まで彼らは定期便のように2つの部屋を往復していたが、それがなくなったのが大きい。書類を運ぶという子供の使いのような仕事だが、重要書類も含まれているので他の使用人に任せることはできない。他の業務の合間にこなさなければいけなかったので、地味に負担になっていたのだ。

外から来た人間であるリリエッタが変えなければ、こういった慣習的な事柄はそのままになっていただろう。非効率だ、と自覚することすらなかったかもしれない。

こぢんまりとした部屋には机が4つあるが、そのうち3つは空席だった。

「エルギ殿だけか。他の者たちは？」

「小休憩です。他の書記官たちは温かい軽食をもらいに厨房に行ってますよ」

「リリエッタは？」

「気分転換に屋敷に飾る花を探しに行く、と庭に出てらっしゃいます」

花を生けるのは淑女の嗜みであり、屋敷の主要な空間を飾るのは女主人の仕事だ。

ランベルトは眼鏡を外し、目元を手で覆っていた。いつも通りの飄々とした口ぶりだが、心なしか声が弱々しい気がする。

「どうかされたのか？」

「どうかとは？」

「気のせいかもしれないが、消沈《しょうちん》しているように見える」

「……古い記録のチェックは疲れるんですよ。記録の仕方が統一されていないうえに、羊皮紙が劣化してて読みにくいったらない」

ランベルトの机には羊皮紙を丸めた書簡が置かれていた。

「随分古い記録のようだな。何を確認していたんだ？」

「……大したことではありませんよ」

答えをはぐらかしたランベルトは、クリフから遠ざけるように羊皮紙を移動させた。

先代の死後、内政に関しては従来の方法を継続していた。当主の仕事は家令が整理して、委任できないものだけクリフが決裁していた。

しかしこの方法は健全とは言えない。リリエッタは領主代行を機に、全部を整理して合理化することにした。

断罪を免れた書記官たちは当然抵抗した。領地運営もしたことがない余所者の小娘に、一体仕事の何がわかるのか、という感じのことを、北部らしい言い回しで主張した。

経験の浅いリリエッタに従えないというなら、格上の書記官相手ならばどうかと、彼女はランベルトを巻き込んだ。それに対し、監視として砦で何をするでもなく過ごすのは手持ち無沙汰だと、ランベルトの方も二つ返事で了承した。

彼から王宮で採用されている書式や、業務の効率化を伝授されれば書記官たちは渋々《しぶしぶ》でも従わざるを得ない。そして一度取り入れてしまえば執務室の件もしかり、もう元には戻れない。

城に部屋を与えられて暮らしているが、ランベルトは国の官吏《かんり》だ。

いずれこの地を去るので、彼に頼りきってしまうと後々困ることになる。

初期はランベルトが主導したが、徐々に書記官たちに任せるようになり、今では問題がないかを監督するだけになっていた。

「……エルギ殿は優秀だな」

「なんですか藪《やぶ》から棒《ぼう》に」

「いや、俺とは全然違うと思って」

「……別に優秀ではありません」

「謙遜《けんそん》を」

「本当です。私は少しばかり記憶力が良く、計算が得意なだけの凡人《ぼんじん》ですよ。ただ死にものぐるいで努力しただけです」

クリフを視界に入れることなく、ランベルトは自重《じちょう》するような笑みを浮かべた。

「その。すまない」

「何故謝るんですか？」

「貴殿の努力を軽んじるつもりはなかった」

「……色々足りないのに、真っ直ぐとか厄介な人ですね」

クリフのこういうところにリリエッタは絆されたのか、とランベルトは思ったが、いやリリエッタはそんな甘い女ではないと考え直す。

「それで、用件は私との世間話ではないんでしょう？　リリエッタ様ですか？」

「ああ、出立の挨拶をしようと思って」

「前線に行かれるんでしたね。無用の心配でしょうがお気をつけて。……前は嬉々として討伐に出られていましたが、今日は随分浮かない顔をしてらっしゃいますね。心配事でも？」

『前』というのは結婚式のことだ。伝令を聞いたクリフが、目を爛々《らんらん》とさせて教会をあとにした姿はランベルトの記憶に新しい。

「そうだろうか」

「もしかしてあれですか。昔馴染みの色男と妻を、城に残していくことが心配だとか」

ランベルトはいつもの捉えどころのない笑みに戻った。

揶揄うような言葉に、クリフは迷うことなく頭を振った。

「いや、それはない。俺はリリエッタとはそういう関係ではないからな」

「夫婦ではありませんか」

「命じられて結婚しただけの間柄だ」

「あなたがそう思ってらっしゃるなら、私からは何も言いませんが。お願いですから『仲良く』やってくださいね」

「それは問題ない」

今のクリフはリリエッタを蔑ろにするつもりはない。

リリエッタがクリフに味方してくれたように、クリフもまたリリエッタの味方でありたいと思っている。

「……自分の把握していない交友関係が友人にあったことを知った時、もの寂《さび》しさや疎外感《そがいかん》を抱くようなものだ」

「はいはい。そういうのは私に言わず、奥様に言ってくださいね」

「そうだな」

今までのクリフだったら絶対に口に出さなかっただろうが、相手はリリエッタだ。

彼女は感情を伝えることは恥でも悪いことでもないと考えているのだから、抱え込んで態度に出てしまうより、素直に言われることを望むだろう。

◆◇◆◇◆

リリエッタが庭で花を見繕っていると、アベルが口を開いた。

「リリエッタ様。あの一角は菜園《さいえん》ですか？」

「どうかしら。ミラ、わかる？」

「雑草の手入れはしていますが、何かを栽培している区画ではありません」

平素《へいそ》より顔を強ばらせたミラが、やや上ずった声で答えた。

ミラはブリーデン出身の侍女だ。自尊心の高い娘で、王命が下るまでクリフの花嫁候補と目されていたリンダに媚《こ》びることはなく、例の署名にも参加しなかった。

ミラとて余所者が王命ひとつでブリーデンの女主人になるのは不愉快だったが、それはそれ。嫌がらせや排斥運動を行うなんて思い上がりもはなはだしい、と考えて、リンダたちとは距離を置いていた。

今も本当はアベルが気になって仕方がないが、勤務中に浮《うわ》ついた姿を見せないよう、極力彼を視界に入れないようにしていた。

リリエッタよりもクリフと年が近いミラだが、侍女として黙々と働いてきたので恋愛経験に乏《とぼ》しく、気のないフリをするので精一杯だった。

「野草なら採ってもいいですかね」

「はい？」

ミラの言葉を是《ぜ》と受け取ったアベルは、腰をかがめると植物を引っこ抜いた。

枯れかけているのか葉の先端が黄色く変色しているが、茎はまだ青々としている。根こそぎ引っこ抜いたので、歪な球根のようなものがぶら下がっていた。

リリエッタの知己《ちき》とはいえ、今のアベルの立場は公爵夫人の護衛だ。

ミラは公爵夫人付きの侍女として、自由すぎる行動を咎めるべきか迷ったが、以前砦を訪れたガルテンも礼儀に関しては相当だった。

もしかして南部ではこれが普通なのかもしれない、と思うとミラは強く言えなかった。

迷うミラに構わず、アベルとリリエッタはほのぼのと会話する。

「それは何かしら」

「生姜《しょうが》です。根茎《こんけい》——この部分を乾《かわ》かして食べると体が温まります。初めて北部の冬を経験するなら、あって困ることはないでしょう。暖かい地域に生えるので、まさかこんなところで見ると思いませんでした」

説明を終えたアベルは「どうぞ」と、リリエッタに差し出した。

茎から直接生えるような形で小さな花が咲いているので、貴婦人に花を捧《ささ》げているように見えなくもない。

だが、普通は庭に咲いている花を1本手折《たお》るのであり、土まみれの根っこごとではない。

「美味しいのかしら」

小食だが食べるのが好きなリリエッタには、重要なポイントだ。

「料理や茶に混ぜればスパイス代わりになります。砂糖漬けもおすすめです。生理痛にも効きますよ。利尿《りにょう》作用があるので摂取《せっしゅ》のタイミングには気をつけてください、女性は男のようにはいきませんからね」

リリエッタの代わりに受け取るべきか迷っていたミラは、抜いた植物の代わりにデリカシーを地中に埋めたような発言に固まった。

ない。これはない。いくら見た目が良かろうと絶対にない。

男のように、とはどのつまり外で済ますという話だろう。生理痛という言葉すら気まずいというのに、うら若き乙女《おとめ》に面と向かってなんてことを言うのだ。

百年の恋も冷めた顔をしたミラの姿に、リリエッタは苦笑した。

アベルのデリカシーのなさは習い性だ。色恋沙汰を回避するために、異性からの好意を感知したら半ば本能的に幻滅させるような言動をしてしまう。

ある程度年齢を重ねた今は、昔ほど気を張らなくてもいいようになったのだが、染みついた習慣というのは中々治らないものだ。貴族との取り引きが増えるにつれ、ガルテンもアベルをなんとかしようとしたが無理だった。

◆◇◆◇◆

「……」

妻に男が花（本体は生姜）を贈《おく》っている。しかも妻は嬉《うれ》しそうにしている（正確には失笑）。

リリエッタを探していたクリフは、目に飛び込んできた光景に硬直した。

出発を告げる言葉も、アベルが来てから抱えている気持ちも飲み込んで、クリフは踵《きびす》を返した。

リリエッタが夫の出立を知ったのは、生姜を預けようと厨房に立ち寄った時、クリフの食事は作らなくていいと指示を出している執事の口からだった。

6章　崖っぷちのクリフ

巨体が倒れ、地響きのような振動が足を伝った。

心臓を凍らされたデミグシオンは断末魔《だんまつま》もなく絶命したが、巨獣を死に至らしめた男の顔は冷め切っていた。

デミグシオンの亡骸を捨て置き、値段がつかない十把一絡《じっぱひとから》げで魔獣を屠《ほふ》るクリフの顔は荒《すさ》んでいた。彼であればもっと最小限の動きで苦しませずに殺すことができるのに、動きが雑《ざつ》で、切りつける時だけ無駄に力が入っている。

クリフが使っているのは業物の両手剣だが、それでも力任せに振るえば刃こぼれや、握りの柄《つか》に不具合が起きる。いつもなら武具の負担も考えて戦うのだが、今日のクリフはそんなものお構いなしだった。久しぶりに戦地に舞い戻ったかと思えば、やけっぱちとも八つ当たりとも言える戦い方をしているクリフを、仲間たちは遠巻きにした。

普通なら危険な真似をするなと周囲が戒めるのだが、相手がクリフなので触らぬ神に祟《たた》りなしとばかりに見て見ぬふりをした。

魔獣は昼行性と夜行性に分かれるが、数としては昼行性が圧倒的多数だ。

魔獣戦線とは、北端の国境を含む魔獣が出没するエリアのことを指す。

国境線から一定エリアを戦闘区域として、魔獣がそれより先へ進行しないように長い防御壁——北壁《ほくへき》を築いている。防御壁の中には、武器庫と部隊の駐屯所《ちゅうとんじょ》を兼ねる敵台《てきだい》と狼煙《のろし》台が等間隔に作られている。

兵士たちは昼と夜で別の部隊が警戒にあたり、当番でない部隊は待機だ。大物が出現したり、数が多い場合は魔導具を使って他部隊に応援を求めるので、当番ではないからと町に出かけたりはできない。

最近発明された通信の魔導具により、伝令を出したり狼煙を上げたりする必要はなくなったが、残念ながら今の技術では近距離のやり取りしかできない。万が一、取り逃がした魔獣が防御壁を越えた場合は、人里に知らせなければいけないので狼煙台は残したままだ。

接近されてしまってからでは戦い方が狭《せば》まるため、昼は哨戒《しょうかい》に出て見つけ次第対処するが、夜は人間側の視界の問題で下には降りず、壁の上で見張りを行っている。今は魔導具による補助があるので、早期発見は難しくない。

近年、魔導具の進化は凄《すさ》まじく、確実に戦場の形を変えつつあった。

これが対魔獣だけに使用されているうちはいいが、対人間になった場合は、過去とは比べものにならない数の命を奪うだろう。

現れた魔獣を全て片付けた頃には日が暮れていた。

刻《こく》を知らせる教会の鐘《かね》は、北の果てにある戦場には届かないので、クリフたちは太陽の動きで業務を区切っている。今の季節は日が落ちるのが早いが、暗くなればもう昼番の仕事は終わりだ。

夜番の隊に引き継ぎを済ませると、第一部隊は戦地から引き揚げた。

「――隊長。何かあったんすか？」

補給隊が持ってきた粥《ポリッジ》を無言でかき込むクリフに、第一部隊の副隊長であるルイスが声をかけた。

ルイスは孤児の平民であり、生き延びるための知恵故か状況把握に長けている。決して無理はしないので、剣や魔法の腕よりも判断力を評価されて副隊長に任命された男だ。

語尾に「～す」をつければ敬語になると思い込んでいて、20代半ばだというのに少年のような言葉遣いをするが、そばかすの浮いた童顔《どうがん》の持ち主なので違和感はない。

「……今、城に妻の知り合いが滞在してるんだが、そいつが妻に花を贈っていた」

「え!?　それって隊長の奥さんを口説《くど》いてたってことすか!?」

「口説いてはいなかった……体にいい植物らしく、雑学を披露していた」

「それカムフラージュすよ！　小賢《こざか》しい奴っすね！」

「そんな風には見えなかったが」

眉《まゆ》を寄せるクリフに、ルイスは、

「隊長は人が好いから、疑うことを知らないんすよねー。不貞《ふてい》を疑われないよう小細工《こざいく》してるんすよ」

と自信満々に言い切った。

「……もしそうなら、どうしたらいいんだ」

「隊長の奥さんってあれですよね。王様の命令で結婚した人でしょう」

2人の会話に、若手のレオが反応した。

男爵家の三男坊であるレオは、部隊の中では礼儀正しい青年だ。貧乏男爵家が思わぬ子宝に恵まれた結果、3人目を持て余し、口減らしとも出稼ぎとも言える形で入隊することになった。

ここには身分問わず、腕に覚えのある男たちが集まっていた。

移動は騎馬が必須なので、全員騎士の身分を与えられている。

かつては幼少期に小姓《こしょう》として礼儀作法や武芸を学び、従騎士として戦場で騎士の身の回りの世話をし、叙任《じょにん》式を経て正騎士となっていたが、今は色々なルートで騎士になれる。

騎士の叙任権を持つのは王と諸侯だ。先代が健在だった頃は代理人として、死後は領主として、ブリーデンではクリフが入隊者を騎士に任命していた。

「南部のお嬢様だろ。使用人が気に入らなくて総取っ替えした、って噂が、ここにも届いてますぜ」

黙って成りゆきを見守っていたエドワードが顎髭を撫でた。

最年長のエドワードは、第一部隊のみならず全部隊の中でも年長者の部類に入る。四十路《よそじ》近いが衰え知らずの剣豪《けんごう》で、魔法の才がなくても腕一本で戦い続けてきた猛者《もさ》だ。

魔獣戦線で騎士になった者は特例扱いなので、除隊後は騎士の身分を失う。例外は、前線引退後に、領地の治安維持の任に就《つ》いた場合だ。エドワードもあと何年かしたら、市中で衛兵《えいへい》の指揮官として働くのだろう。

「そうそう。冬の前の忙しい時期だってのに、隊長にせがんであちこち旅行に行ってるんでしょう。いい気なものですよね。隊長も難しい立場なんでしょうけど、好き勝手させちゃ駄目ですよ！」

と、レオもねじ曲がった噂を聞いていたようで憤慨《ふんがい》した。

「違う。リリエッタは当然のことをしただけだ。それに旅行ではない。俺がすべきことをしていなかったから、一緒に頭を下げてくれているんだ」

「マジすか。噂とは随分違うんすね」

「でも新婚早々余所見とかありえないでしょ」

ルイスは素直に驚くだけだったが、レオはまだ納得がいかないようだ。

「レオ。男が一方的に熱上げてる可能性があんだろ。宮廷風恋愛《ミンネ》って言うんだっけ？　よく知らんが」

エドワードの言葉に、クリフは鉛《なまり》を飲み込んだような気持ちになった。

「リリエッタは不貞に走る女ではない」という思いと、「リリエッタは貴族らしい割り切った考えの持ち主だ」という事実が、クリフの中で鬩《せめ》ぎ合う。

「知り合いってことは南部の男っすよね！　隊長、負けちゃだめっすよ！」

「そいつの鼻っ柱《ぱしら》へし折ってやりましょう！」

「その手の輩はつけ入る隙を与えなければ退散するもんです。隊長は男前だから、ちょいと本気出せば簡単でしょう」

口々に言われてクリフは狼狽《うろた》えた。

「俺は何をしたらいい!?」

「やられたこと倍返しにしてやるんすよ！」

「格の違いを見せつけてやりましょう！」

冷めた粥《ポリッジ》をほっぽり出して、抜群のチームワークを発揮した第一部隊の面々はお互いに知恵を出し合った。

——しかし彼らには致命的な欠点があった。

第一部隊は精鋭揃い。

つまり腕っ節自慢の集まりであり、ステータスを戦闘に全振りしている連中だ。

危険手当込みなので収入は高いが、安定とはほど遠いので妻帯者はクリフのみ。

前線基地で生活することになるので異性との出会いはなく、恋人なにそれどうやったらできるの状態。

入隊前だって、第一部隊に配属されるレベルの人間は幼い頃から鍛錬《たんれん》の日々を送っているので、甘酸っぱい青春とは縁がない。

可愛い幼馴染《おさななじ》み？

大人の女の色気漂う師匠？

気さくに話しかけてくる食堂の看板娘？

子供の頃から慕ってくる友人の妹？

全部見たことありませんね。そんな妄想《もうそう》に夢を膨《ふく》らませるくらいなら、金貯めて娼館《しょうかん》のナンバーワンに一夜の夢を見させてもらった方が現実的ですよ。

「ここで手に入るのは、山ん中に咲いてる花くらいだな。相手も花贈ったんなら、同じもんで勝負しましょうや」

「女は虫が嫌いっすよね！　じゃあ虫食ってくれる花なんていいんじゃないっすか？」

的外れなルイスの案に、他の面子《めんつ》はダメ出しするどころか「ネズミ退治に猫飼うようなものですね」、「相手の苦手なものに配慮するなんてやるじゃねぇか」と手を叩いた。

「どんな花か説明して、間男の蘊蓄《うんちく》なんて蹴散らしてやりましょう！」

「切り花にしたら意味ないから、花束にはできないっすね。どうにかして贈り物っぽくできないもんすかね」

「デカいと見栄えが良くなるからな。麻袋《あさぶくろ》に土入れて、溢《あふ》れるぐらい詰めるのはどうだ」

「そういう感じのやつ、開店祝いで飾られてるの見たことあります！」

「特別感あるし、派手《はで》でいいっすね！」

素人童貞《どうてい》どもは大いに盛り上がった。嫌がらせのような作戦だが、彼らは混じりけなしの純粋な善意で動いている。悪意より質が悪いかもしれない。

◆◇◆◇◆

帰還したクリフを出迎えるべく、妻であるリリエッタを先頭にして、主要な使用人たちは門の前に整列した。

「おかえりなさいませ、クリフ様。無事のお戻りを心よりお喜び申し上げます」

馬から降りたクリフは、リリエッタの手を取ると、

「リリエッタ。君に贈り物があるんだ」

と言った。

「あら嬉しい。でも、クリフ様は魔獣退治に行かれたのでしょう？　もしや贈り物とは魔獣の毛皮ですか？」

緊張した面持《おもも》ちのクリフに、リリエッタは過去の会話を思い出した。確か防寒着に加工できる魔獣がいたはずだ。

「いや、違う。君が望むなら一部は売らずに残すが、それとは別にその……花を採ってきた」

「まあ！」

照れくさいのか頬をかく主に、使用人たちは瞠目した。

侍女長はクリフの成長を喜んだが、家令は妙な胸騒ぎがした。何故か主人であるクリフの姿が、実家で飼っていた犬と重なる。おバカで可愛いチャーリー（享年《きょうねん》16歳）は、かつてネズミ

を捕って褒《ほ》められた猫に対抗して、モグラを捕まえたことがあった。

いそいそと魔獣を積んだ幌馬車《ほろばしゃ》に向かったクリフは、中にいた部下に荷を降ろすよう告げた。

花束であればそんな言い方はしない。家令の嫌な予感はますます大きくなった。

ドスンッ！　と、花らしからぬ音を立てて何かが地面に下ろされる。

クリフは両手で麻袋を抱えるとリリエッタの前に戻ってきた。開いた袋の口から突き出た葉がワサワサと揺れている。

「リリエッタ。これは虫を食う花だ」

袋いっぱいの食虫花《しょくちゅうか》を見せるクリフに、侍女長はあんぐりと口を開けた。

「この花は虫を引き寄せる特殊な香りを放つんだ。人間には感知できないがネズミは反応する。ヤツらはこの匂いが嫌いらしく近づかない」

家令は今すぐクリフの口を塞ぎたくなった。

余計な説明をしなければ、ちょっと変わった見た目の花を、業者のように持ち帰ったと思われるだけで済んだのに！

「……クリフ様、これは暖かい場所でも育てられますか？」

「北部の中にも、夏は猛暑になる地域がある。あの辺りにも生えているから、気温は関係ないと思うが……」

「素敵!!」

嘘だろ。侍女長に続き、家令もあんぐりと口を開けた。

「実家に送ってもよろしいでしょうか？」

「!?　おおおお奥様!!　お待ちください!!」

実家に冷遇の証拠を送る。王家に署名を提出したのと同じ流れだ。

家令は不敬を承知で2人の間に身を滑り込ませた。リリエッタはにこにこ笑っているが、前回も同じような笑みで砦の連中を地獄に叩き落としたのだった。この奥様の場合、笑顔だからといって油断してはいけない。

「旦那様に悪気はないのです！　悪気がなければ許されるというわけではございませんが、どうかお慈悲《じひ》を！　チャンスをください!!」

「そっ、そうです！　旦那様は婚約者もおらず、長いこと男所帯で生活されていたので女性の扱いがわかっていないのです！」

「わからせます！　わからせますから!!」

執事長と侍女長も加勢した。全員必死の形相《ぎょうそう》だ。

「どうしたんだ、お前たち。リリエッタは喜んでいるじゃないか」

「黙らっしゃい！　奥様、お目汚し失礼いたしました！　すぐ処分いたしますので、お許しください！」

　というか処分させてください。

　お着せが土で汚れるのも構わず、食虫花を回収しようとした家令をリリエッタは制止した。

「いいえ。それは魔獣と共に実家に送ります。もしかしたらブリーデンの新たな産業になるかもしれません」

「え？」

「北と比べて、南は虫が多いのです。虫は歓迎されない同居人。南部の生活は虫と共にあると言っても過言《かごん》ではありません」

「そうなのか」

　ピンときていない様子のクリフに、リリエッタは力説した。

「お金を注ぎ込んだ貴人の邸宅だろうと、土壁の貧乏平屋《ひらや》だろうと虫は等しく入り込みます。南部で育った者は慣れていますが、それでもできるなら排除したいと考えています。わたくしはこの地に来て、虫が見当たらないことに感動いたしました」

「そこまでか⁉」

「夏場は帰宅して窓を開けようとしたら、暑すぎて死んでいる虫を何匹も見つけます。食堂に迷い込んできた虫がいれば、手で払いながら食事をします――料理に埃が落ちてはいけないので、捕まえたり追い出したりが大変なのです。汚れた食器はすぐに洗わなければ虫がたかります」

生姜を渡しに厨房に足を運んだリリエッタは驚いた。

気温の低い北部では食べ物が腐りにくく、虫も少ないので、南部では常に保管庫にしまっていた食材が、剥き出しで放置されていたのだ。

きっとこの食虫花は少ない獲物《えもの》をおびき寄せるために進化したのだろう。

見た目は美しいとは言えないが、家に飾れないほどでもない。周囲に美しい花を配置して隠せば全然問題ない範囲だ。

「置いておくだけで、虫を集めて始末してくれるなんて最高です。現地で試してみないことにはわかりませんが、南部の生活を一新する可能性を秘めておりますわ」

どうやらお咎めなしで終わりそうだと家令と執事長は胸を撫で下ろしたが、侍女長は、今回は偶々《たまたま》上手くいっただけなので、次が起こる前にクリフを教育しようと心に決めた。

◆◇◆◇◆

四大都市最後の地は、工場と職人の町・マコンだ。

大手魔導具メーカーの大型工場や、個人の工房が建ち並び、その隙間を埋めるように住民の生活を支える店が入っている。

ここには魔導具はもちろん、鍛冶《かじ》や貴金属の細工、各種道具の修理といった技術者が集まっていた。

マコンは他都市に比べると標高が高い場所にあるせいか、馬車から降り立ったリリエッタは身が引き締まるような寒さと、清涼《せいりょう》な空気を感じた。

「とても綺麗な町ですね」

リージーもオードバートも整備されていたが、マコンは次元が違った。

チェス盤のように等間隔に広い道が広がり、全ての道がリージーの街道レベルに舗装《ほそう》されている。似たような建物が、きっちり四角い区画に収まるように建っていた。

他に比べると若い都市だからか、最先端の都市計画に基づいて作られた町並みと言える。

「魔導具を搬送《はんそう》するために馬車が行き来するから道幅が広く、商品を壊さないために道が舗装されているんだ」

「なるほど。雪が降る前に、と思っておりましたが遅かったようですね」

ブリーデンは初霜《はつしも》が降りたくらいだったが、マコンはうっすらと雪が積もっていた。

「雲が山にぶつかるから、雪が降りやすい地域なんだ」

「それでは商品の搬送に支障が出るのでは？」

「馬車が使えなくなったら、馬ぞりと犬ぞりを使う。配送に通常より数日プラスする程度の影響らしい」

「犬ぞり……。移動手段としては話に聞いたことがございますが、荷物も運べるのですか？」

「１頭ではなく、隊列を組ませて引かせるからそれなりの力になる。木箱に詰めた商品をそりに載せ、幌で覆うだけなので馬車よりも車体が軽い。御者《ぎょしゃ》の重みを足しても、それなりの量を運べる」

「もしやブリーデンの城で飼っている犬も、そりを引かせるためですか？」

「番犬、猟犬、犬ぞり用。どれも正解だ」

南部ではネズミ捕りのため、猫を飼う家が多かった。

北部は狩りをよく行うので、猟犬と番犬を兼ねているのかと思ったが、更に役目があったらしい。北の犬は随分多才で多忙なことだ。

到着がちょうど昼時だったので、マコン伯爵との挨拶は食事の席で行われた。

「クリフ殿。ようこそいらっしゃいました」

「マコン伯爵。このたびは重ね重ね申し訳ない」

２人の当主は力強く握手した。

マコンの領主は壮年のがっしりした男性だった。リージー伯爵と同年代か、やや年上といったところだろう。線の細いリージー伯爵とは対照的に、大樹のようにどっしりしていて貫禄《かんろく》がある。

身長はクリフの方が高いが、体重は同じくらいだろう。

「老婆心《ろうばしん》ながらブリーデンの未来を案じておりましたが、しっかりした奥方を娶られたようで安心いたしました」

マコン伯爵はチラリとリリエッタを見た。

何を隠そうこの伯爵は、結婚式でリリエッタと両親の会話を聞いた人物だ。

余所の土地のことでもあるし、クリフと個人的に付き合いがあるわけでもない。リリエッタに同情しつつも、他人が口出しすることではないと何も行動しなかった。

領地に戻ってからも時々思い出しては気になっていたので、急な話だったが２人の訪問を了承したのだ。

「恥ずかしながら、彼女には助けられっぱなしです」

眉を下げて謙遜するクリフを見て、伯爵は２人の仲はそれなりに良好なのだと判断した。

「それでしたら、奥様に感謝の気持ちを示さねばなりませんね。贈り物はされたのかしら？」

にこやかな伯爵夫人に、クリフは照れくさそうに答えた。

「ええ。ここに来る前に、食虫花を1袋分」

「食虫花⁉」

「凄く喜んでくれました」

食虫花の件で、クリフは初めてリリエッタを心から喜ばせた。

荷を託されたアベルがブリーデンを去ったことも相まって、クリフは晴れやかな気持ちで毎日を過ごしていた。

アベルが嫌いというわけではない。

ガルテンに比べると寡黙《かもく》だが、請《こ》えばあれこれ知識を披露してくれる。彼の口から語られるのは経験に基づく生の知識だ。経験豊富なアベルと話すのは勉強になるが、何故かクリフは彼に苦手意識のようなものを感じていた。

リリエッタと親しく知識が豊富という、クリフにないものを持っているからかもしれない。

「正気ですか⁉　その大量の花はどうされたんですか⁉」

目を剥いた夫妻がリリエッタを見たが、彼女は結婚式の時と同じように微笑んでいる。あの時といい、今回といい、本心が全くわからない。

「妻の実家に送りました。なんでもブリーデンの今後を変えるかもしれないと」

「でしょうな!!」

伯爵は激しく同意した。

結婚式で娘のことをあれだけ心配していた両親だ。この仕打ちを知ったら、黙ってはいないだろう。

「いいですかクリフ殿！　それは女性への贈り物としては不適切です。幸いここには優れた宝《ほう》飾職《しょく》人もおります。紹介するので、そこで購入なさい！」

もしクリフの冷遇が原因で離婚なんてことになったら、マコンにも影響が出る。

マコンの税収の大半は、この地に工場を作った魔導具メーカーによるものだ。これらのメーカーは他地域に本社があり、商品の販売は全国で行っている。

もし北部全体のイメージがダウンして不買運動が起こり、工場が撤退してしまったらマコンは立ち行かなくなる。

「実家に送るなら、花はリリエッタ個人への贈り物にはならない、と侍女長にも指摘されたのですが、今は色々入り用で……あまり余裕のない状態で散財するのは、いかがなものかと思いまして……」

ちゃんと主に諫言《かんげん》する家臣がブリーデンにいたことに安心したが、続く言葉に伯爵夫人の顔が険しくなった。

「その理屈ですと、裕福な者しか贈り物ができないことになりますわ。公爵様は一般市民や貧乏貴族は、一生誰にも贈り物をするなと仰るのかしら」

顔だけでなく、言葉も険しい。

何も国宝級の品を贈れと言ってるんじゃない。仮にも公爵なら、普段使いのアクセサリーくらい買えるだろう。

「……クリフ様。わたくしアクセサリータイプの魔導具が欲しいと思っておりましたの。伯爵様の口利きがあれば、腕の良い方に作っていただけますわ」

「ならば魔導具職人と、細工師の両方に話を通しておきます。今は大量生産して商家と取り引きする時代なので、そもそも個人のオーダーメイドを受け付けていないのですが、特別に取り計らいましょう」

「まあ、そうでしたの。我が儘を言って申し訳ございません。ありがたいですわ」

「お気になさらず。ブリーデン公爵夫人とは長い付き合いになるでしょうからね」

伯爵は遠回しに「お願いだから離婚しないでくれよ」と告げた。

◆◇◆◇◆

夜の間に雪が降ったようで、朝起きると窓の外には白銀の世界が広がっていた。

南部は雪が降らないので、リリエッタが雪上を歩くのはこれが初めてだ。

城の玄関は完全に除雪されていたが、町中は大きな通りは雪が道ばたに除けられているものの、小さな道は付近の住民が自主的に雪かきを行っているので地面の状態はまちまちだった。

「リリエッタ。大丈夫か」

滑って転びそうになったリリエッタを、クリフが支えた。

「一瞬で何が起きたのかわかりませんでした」

「雪の上では歩き方を変えるんだ。かかとから着地するのではなく、判を押すように真上から足を下ろすといい」

リリエッタが理解しやすいよう、クリフは動きをオーバーにして手本を見せた。

歩き方を教わったリリエッタは、地面を踏みつけるように足を動かした。クリフから指導されている間に、同行していたランベルトはスタスタと先に行ってしまった。

他の都市訪問は城で留守番をしていたランベルトだが、今回は用事があると同行していた。

用件を済ませたランベルトが城の渡り廊下を歩いていると、クリフと遭遇した。

「おや、クリフ様おひとりとは珍しい」

「リリエッタは工房に赴いている」

「護衛なのに側を離れてもよろしいのですか？」

「付き添いは不要だと言われたんだ」

指摘されたのが気に障《さわ》ったのか、クリフはむっとした顔になった。

「まあ四六時中一緒では息が詰まりますからね。お互いに気分転換になるでしょう」

「俺たちは夫婦だぞ」

「夫婦だからといって、常に一緒にいたりはしませんよ」

本人は不服そうだが、そもそも夫が常に妻のあとをついてまわる方が特殊なのだ。

「クリフ様のご両親はどうだったんですか？」

「幼い頃に母が亡くなったから、あまり記憶にない」

「悪いことを聞いてしまいましたね。ご容赦ください。――ところで、その本はこの城の蔵書ですか？」

話題を変えようとランベルトは、クリフが抱えている本に視線を移した。

「ああ。伯爵の好意でお貸しいただいた」

法律や災害対策の本の下に、あからさまなタイトルの本が数冊ある。

（『夫婦論』『妻は何故怒るのか』『最も身近な他人』……なるほど、伯爵の目的はこっちか）

著者が過激な思想家でないことを確認すると、ランベルトは「勉強熱心ですね」と微笑んだ。

「熱心というか、しなきゃいけないんだ」

「……貴族の中には仕事を高官に丸投げして、優雅な日々を送る領主もいますよ。かつてのクリフ様も似たようなものでしたよね」

「それは駄目だ」

間髪《かんぱつ》入れず断言したクリフに、ランベルトは首を傾げた。

「何故ですか？　現場では『やる気のある無能』が一番厄介なんです。今更頑張られても困るんですよ。ブリーデンの書記官は優秀とは言いがたいですが、それなりにやれるようになりました。クリフ様は見栄えの良い神輿《みこし》として、余計なことをしない方が平和なんじゃないでしょうか」

「……エルギ殿の意見は一理ある。その方法で領地が安定するなら、俺も否定しない」

王太子の側近だろうとランベルトは無爵で、クリフは公爵だ。

だがクリフは激高したり、咎めたりはしなかった。

「でもクリフ様はそうされないと？」

「ああ。実際俺がしっかりしていなかったせいで、使用人は増長し、横領や杜撰《ずさん》な契約など問題が多数発生していた。今更だろうと、俺はもう無知な当主でいたくない」

「……その年で学ぶのは大変ですよ」

「そうだな。毎日辛い。文章は読めるのに、何が書かれているのか理解できないのが悔しい。世間知らずすぎて恥ずかしい。兄のように勉強ができるとは思っていなかったが、それでも自分がこんなに馬鹿だとは思わなかった」

「……私もですよ。理解できないことが悔しくて、泣きながら勉強していました」

グッと目を閉じると、ランベルトはゆるゆると息を吐き出した。気持ちを切り替えるために深呼吸しているようにも見える。

「クリフ様。不敬をお詫びいたします。その上でお伝えしますが、その本は今のあなたには難しいと思いますよ」

伯爵はクリフがどのレベルなのかを知らないので、上級者向けの本を貸していた。

クリフに応用はまだ早い。必要なのは基礎だ。

「基本的なことを理解していなければ、いくら時間をかけても身につきません。私でよろしければ口頭で解説するくらいならできますが」

「頼む」

今しがた辛辣な言葉を投げつけてきた相手だが、クリフは迷わなかった。

リリエッタからあれだけのことをされても引きずっていないし、ここまできたら図太いとか鈍感などというレベルではなく、尊敬を持って器《うつわ》が大きいと称した方がいいかもしれない。

(調子が狂いますね)

ランベルトはクリフを嫌っていた。

平民だった彼は、上の者の怠慢《たいまん》が下の者にどんな影響を与えるかを、身をもって理解している。文官として働き出してからは、色々な貴族を見てきた。

もし軽い気持ちでやる気を出していたのであれば軽蔑《けいべつ》しただろう。

だがクリフの言った言葉は、かつてランベルトが悩んだことと全く同じだった。

ランベルトは、この厚顔無恥で恵まれた男が嫌いだった。

――過去形だ。

◆◇◆◇◆

クリフに付き合っていたランベルトだが、内容が一区切りついたので息抜きとして外に出かけることにした。

特に何か目的があるわけではないが、リリエッタが依頼している工房が徒歩で行ける距離にあったことを思い出し、散歩がてら行ってみることにした。

「リリエッタ様、危ないですよ」

店の外で時間を潰しているリリエッタの姿が見えたので、ランベルトは声をかけた。側に使用人がいないのは、温かい飲み物でも用意しに行っているのだろう。この辺りは通行人も少なく、治安も良いので油断しているに違いない。

「そうかしら。ここが一番雪が少ないのよ」

昨夜降った雪の影響で、地面は白く染まっていた。

中心街から離れた個人の工房が並ぶエリアには、昔ながらの、張り出した三角屋根の家屋が残っていた。

屋根の下には雪が少ないことに気付き、リリエッタはふわりと広がったスカートが汚れないよう、壁から少し離れた場所に立っていた。

「上を見てください。ちょうど氷柱《つらら》が落ちてくる場所です」

ランベルトに促されたリリエッタが顔を上げると、確かに細い氷が陽の光をキラキラと反射していた。

「小さくて可愛いわね。落ちても少し濡れる程度でしょう」

「今は小さくても、育ったら槍《やり》と同じです。うっかり近づかないよう、妙な癖はつけない方が良いですよ」

「残念。良い方法だと思ったのに」

リリエッタは水たまりを除けて歩くのと同程度に考えていたが、きっぱり却下された。

「気持ちはわかりますけどね」

「……ランベルト様は随分北部にお詳しいのね」

「常識の範囲ですよ」

「いいえ。北部の住人でもなければ、初物の栗の相場なんてわからないわ。それに雪にも随分慣れていらっしゃる。土地や建物の知識は座学で学べますが、これらは無理ですわ」

「……」

沈黙は肯定と捉え、リリエッタは言葉を続けた。

「わたくしの手伝いと称して、色々お調べになっていたわね。もしかしてあなたが北部の出身であることと関係あるのかしら？」

「……それについては別件ですね。ただ選ばれた理由のひとつではありますが」

「あら。正直に話してくださるとは思わなかったわ」

ぱちくりと目を瞬かせるリリエッタに、ランベルトは飄々とした態度で肩をすくめてみせた。

「確信されてらっしゃるのでしょう。ならば、しらばっくれたところで強引な手段で聞き出されるのが落ちです」

「強引な手段だなんて」

「リリエッタ様ならやりかねません」

「その通りよ」

リリエッタはあっさり認めた。

「ねえ、エルギ様。もしわたくしたちの利害が一致するなら、協力できないかしら――」

悪戯を思いついた少女のような表情で、リリエッタはランベルトに取り引きを持ちかけた。

7章　もうひとつの政略結婚

一瞬何をされたのかわからなかった。

後頭部が温かくなったと思ったら、それは温度を失いつつ広がって耳や首筋を濡らした。

顔を上げることを許されなかったから、フレデリカはずっと下を見ていた。

視界を占めるのは滑らかで美しい絨毯《じゅうたん》と、自分のスカート。フレデリカから滴《したた》ったお茶が絨毯の色を濃くした。

かけられたのはカップ1杯程度なので、大した量ではないのが不幸中の幸いか。深みのある緋色《ひいろ》の絨毯は、濡れた部分だけしみ抜きすれば交換の必要はないだろう。

大判の敷物は高価だ。こんなことで処分することにならなくてよかった、とフレデリカは的外れなことを考えた。

残念ながらドレスの方は、紅茶と色の系統が違うのでしみ抜きをしても駄目かもしれない。

妹のお下がり、という耳にした者が聞き返しそうなドレスは、当時流行のデザインで少女らしい淡《あわ》い水色をしていた。

そう、当時だ。数年経った今ではすっかり型落ちしていて、そのまま着ている人間なんてフレデリカくらいだろう。

色だって18歳になるフレデリカには合っていない。

記憶にある限り、フレデリカがドレスを仕立ててもらったのは、デビュタントの時のみ。それだって可愛くない娘に金はかけたくないと、オーダーメイドではなく吊るしだった。

妹とは2歳違いなので、流石に幼児期はフレデリカに服を購入していたのかもしれないが、境遇の違いか、物心つく頃には姉妹の体格はほとんど変わらなくなっていた。

それからは妹が選ばなかったものが、フレデリカに与えられてきた。

可愛くない長女、可愛い次女。

フレデリカはずっと妹と区別されて育てられた。

楽しくなければ意味がないと、ままごとのような教育を受け、欲しいものはなんでも買い与えられてきた妹。

対して姉のフレデリカは、アドラ伯爵家の長女として幼い頃から甘えることを許されず、体罰も辞さない教育を受けてきた。

伯爵家の金は領民の血税だからと、欲しいものどころか必要なものですら買ってもらった記憶がない。デビュタントのドレスだって、見る者が見れば既製品だと一目でわかるので、同世代からは失笑を、年上からは同情を買っていた。

血税だというなら両親と妹が贅沢三昧《ざんまい》をするのはおかしい。

伯爵家を誇りに思うのなら、嫡子《ちゃくし》であるフレデリカが社交界で侮られるような真似をすべきではない。

そう訴えるたびに、「本当に義母様にそっくり」と母は顔を顰め、父は「死んだ母上そっくりだ。気が強くて、女のくせに賢《さか》しらで……。お前と話していると気分が悪くなる」と言って鼻白《はなじろ》んだ。

伯爵家を継ぐ者なのだからと、親の愛が得られなくても、己を奮《ふる》い立たせてきた。自分が女伯爵になったら、全てが変わると信じて。

この世には愛されない子供が大勢いる。その中でもフレデリカは運が良い方だ。

流行のドレスも素敵なアクセサリーも与えられることはなかったが、衣食住に困ることはなかった。熱を出しても誰にも心配されなかったけれど、医者には診《み》てもらえた。

両親の浅慮は社交界では周知の事実で、フレデリカ共々遠巻きにされている。周囲は事情を理解しているのだから、晴れてフレデリカが実権を握るようになったらリカバリーできるはずだった。

領地運営を学んだフレデリカに、父は領主の仕事を押しつけた。それだって、これ以上父が家を傾けないよう手を出す権利を得たと思えば運が良い。

（そうよ。私は幸せ者だわ。たとえお飾りだとしても伯爵家の娘が王妃になるのだから——）

頭上で身勝手な男女の戯言《ざれごと》が繰り広げられているが、フレデリカは歯を食いしばって耐えた。

（大丈夫。大丈夫）

妹を嫁に出したくない、と跡継ぎから外されたけれど大丈夫。

長女が家を継がない理由作りに、瑕疵《かし》のある王子に嫁がされることになったけれど大丈夫。

間もなくフレデリカの夫となるウィルソン王子は、男爵令嬢を寵愛《ちょうあい》している。上手くやれば良いのに、婚約者であるシュタイフ公爵令嬢を蔑ろにしたものだから、結婚目前でウィルソンは婚約を解消されてしまった。

国王夫妻は一粒種《ひとつぶだね》である息子に甘い。

真実の愛に夢中な王子だが、問題があるのは色恋のみで執務に関してはそれなりに優秀だ。

初めての恋に狂い、更に相手が身の程をわきまえないタイプだったことで、こんなことになってしまっただけで。

「いいか、お前はお飾りだ。愚かしいことに、伯爵家以上でないと王妃にはなれないと定められている。法改正もガリーナを養女にするのも時間がかかるから、お前で妥協してやるんだ。光栄に思え」

ウィルソンの言っていることは嘘だ。

どちらも時間がかかるからではなく、現状不可能だからだ。

王子の寵愛を一身に受けるガリーナだが、礼儀のなっていない女として社交界では有名だ。元婚約者の家であるシュタイフ公爵家を敵に回す行為でもあるし、まともな家なら彼女を引き取ろうとは思わない。

ガリーナの実家である男爵家は、特別な功績もなければ裕福でもない、ありふれた弱小貴族だ。ガリーナ個人も、ウィルソンにすり寄ることしかしていない。

ただ王子が見初《みそ》めたという理由だけでは、法改正には至らない。

「でもぉ。世間では、このひとが殿下の奥さんになるんですよねぇ」

「心配いらない。本当の妻はお前1人だ。この女に与えるのは肩書きと、王族としての仕事だけだ」

（大丈夫。大丈夫）

他の女に入れあげている男に抱かれなくて済んだのだ。

世継ぎ目当てで純潔を捧げなくていいなんて、やっぱりフレデリカは運が良い。

「おい。式当日だけは、その辛気《しんき》くさい顔を僕の目に映すことを許可してやる。僕の隣に立つんだから、支度金を使って少しはマシな見た目になれ」

支度金は持参金と相殺《そうさい》されている。

フレデリカの自由になる金はない。

「もう殿下。女の子にそんな酷いこと言っちゃ駄目です！　フレデリカさんは、あたしの代わりにお仕事してくれるいいひとなんですからっ」

フレデリカには見えないが、子供のようにぷくっと頬を膨らませたのだろう。頬を突いたウィルソンに、ガリーナが甘えるような声で文句を言った。

ずっと腰を折っているので、疲れてきた。でもこんな茶番を見せつけられなくて済んだのは運が良い。

「ハハハ。ガリーナは優しいな。この女が憎くないのか？」

「憎むなんてそんな。むしろ申し訳ないと思ってますっ。あたしさえ伯爵家に生まれていたら、誰も犠牲にせず殿下と一緒になれたのに。子供だって、あたしと殿下の子だって堂々とできるのに……」

「ガリーナはそのままで良い。もし子供ができたら、この女が産んだことにするが母親はお前だ。なに、子を持てない女が、名目だけとはいえ母になれるのだから温情だろう」

（大丈夫。大丈夫。大丈夫）

この調子ならガリーナが孕むのは時間の問題だ。

頭の足りない天然を装《よそお》っているが、ガリーナは強《したた》かな女だ。王子を裏切って、他の男に体を許すとは思えない。生まれてくるのは確実に王族の血を引く赤子だ。

出産はリスクを伴う。好いてもない相手のために、そんな危険をおかさずに済んだフレデリカはやっぱり運が良い。


「――アンタ。ブスのくせに、なんであたしよりも髪が綺麗なのよ。ムカつくわね」

「え？」

場末の娼婦《しょうふ》というものに会ったことはないが、きっとこんな感じだろうと思わせるドスのきいた声に、フレデリカは思わず顔を上げた。

「何見てんのよ」

フレデリカが自分に言い聞かせるのに没頭《ぼっとう》している間に、ウィルソンは退室していた。彼女の視界には顔を歪《ゆが》めたガリーナと、嫌な目つきをした男しかいなかった。

近衛《このえ》騎士の職務は王族の警護だ。王子妃になる予定とはいえ、まだ結婚していないフレデリカには騎士がつけられていない。

だがガリーナに付き従っている男が纏っている甲冑《かっちゅう》は、近衛にしか許されていないものだ。

つまり彼は衛兵ではなく、近衛騎士だ。

フレデリカは混乱した。てっきり王子の護衛だと思っていたが違うのか。まさか王子の指示で、この騎士は恋人でしかないガリーナを守っているというのか。

「ねえ、ヨハン。この女とあたし。どっちの方が女として魅力的？」

「ガリーナ様です」

「そうよね。なのに後ろ姿だけ見たら、勘違いする人間が出てくるかもしれないわ」

ガリーナはフレデリカの髪をつまむと舌打ちした。

髪を結ってくれるような侍女がいないので、フレデリカは髪を流していた。

身を固くするフレデリカを置き去りにして、２人は会話を続けた。

「ヨハン。この女の髪、切って」


（大丈夫。大丈夫。大丈夫。だい――）

◆◇◆◇◆

フレデリカは床に膝をつき、散らばった自分の髪を手でかき集めた。

ガリーナとヨハンが立ち去った部屋には、フレデリカしかいない。侍女は最低限の仕事しかしないので、王子に呼び出された彼女を迎えに来ることはない。だから自分で片付ける。

腰まであった髪は、ギリギリ肩につくかどうかという長さになり、動くたびに毛先が視界を掠《かす》めた。剣で乱雑に切られたのでガタガタだ。あとで整えなければいけない。ゴミを片付けたら部屋に戻って、それから……

「無理」

ぽつりと呟くと、静かな部屋にフレデリカの声が響いた。

「無理。嫌。もういや」

一度口にしたらもう止まらない。

こらえていた涙が溢れて視界がぼやけた。

本当はわかっていた。女伯爵になったところで、あの両親と妹がいる限り、苦労し続けることを。

本当はわかっていた。お飾りの王族に誰も敬意なんて払わない。職業王妃として、都合良く執務を押しつけられるだけの存在だってことを。

フレデリカは知っている。王家に嫁いだ自分が不都合を押しつけられている間、実家には適当な名目をつけて金が支払われる話になっていることを。

自分は娼館に売り飛ばされた娘と大差ないのだ。

「逃げよう」

言葉にしたことで、決意が固まった。

平時であれば、他人の助けもなく王宮から逃げ出すなんて不可能だ。

しかし結婚式の夜なら人の出入りが増えるので、侵入は難しくても外に出る分には容易だ。

幸いと言うべきか、王宮でフレデリカを気にかける人物はいない。侍女も必要時に手の空いた者が対応している状態なので自由に動ける。

逃げれば王族、ましてや貴族でもなくなるが構わない。

どこだってここよりはずっといい——

◆◇◆◇◆

「オードバート侯爵。このたびは無理を言ってしまい申し訳ない」

頭を下げるクリフに、侯爵は鷹揚に笑った。

「お気になさらず。これも何かの巡《めぐ》り合わせ。これを機に弟と和解する決心がつきました」

貴族の次男は長男のスペア。もし長男が無事家督《かとく》を継いだとしても、地元で兄を補佐するのが役目。

だがオードバート侯爵の弟・トーマンは、商売がしたいと家を飛び出した。

「弟の嫁とはやり取りしていたんですがね。本人に会うのは何年ぶりでしょうか……」

当初は城下町に店を構えたトーマンだったが、兄が治める土地では自分の実力で勝負できないと隣国へ移転した——というのは表向きの話だ。

不仲を装いつつ、2人は水面下でずっと連絡を取り合っていた。

トーマンは兄に忠誠を誓い、ずっと献身的に尽くしている。

(小僧め。呑気《のんき》でいられるのも今のうちだ)

今回ブリーデン公爵夫妻は、マローリーの王子の婚礼に招待された。マローリーと北部、西部は隣接しているので、それぞれを代表する貴族が招待されるのはなんらおかしくない。

癪《しゃく》なのは、マローリーとの交易が盛んなオードバートの領主ではなく、たかが領地の面積が広いだけのブリーデンが、北部の代表として招かれたことだ。

せっかくなので長めに逗留《とうりゅう》して観光したい、という新妻のお強請《ねだ》りに負けたクリフに請われて、侯爵はマローリーの首都に居を構えているトーマンに口利きをした。

(簡単に籠絡《ろうらく》されおって)

花嫁を放り出した結婚式から数カ月しか経っていないのに、すっかりクリフはリリエッタに骨抜きにされたようだ。

愛嬌《あいきょう》を振りまく砂糖菓子のような娘。

裕福な南部製のお人形は、戦うことしか知らない男のお気に召したらしい。

今回グレチェニカから式に出席するのは、フリッツ王太子、西部のピトニラ侯爵、ブリーデン夫妻、そしてオードバート侯爵である自分だ。

ブリーデン夫妻はトーマンと面識がない。屋敷に滞在するのに、侯爵も同行を申し出たところ、日頃から交流のある地の領主がマローリーに来るのならと結婚式に招待された。

本当にオードバートとの関係を重要だと思っているのなら、最初から個人的に招待されたはずだ。情けをかけられたとしか思えない。

（なんたる屈辱――！）

おまけのように扱われて侯爵の矜持は傷ついた。

否、侯爵の矜持はずっと傷つけられていた。他でもないブリーデンと母国グレチェニカによって。


ブリーデンが北の長とされているのは、領地が北部で最大であることと、魔獣から国を守る北壁を有しているからだ。

だが敷地面積が広かろうと、人が住める土地は限られている。ブリーデンの半分は未開拓の野山だ。

更に北壁に関しても、ここ十数年の間に技術は飛躍的に進歩した。魔導具の発展で魔獣を早期に発見し、安全かつ速やかに討伐できるようになり、人里での被害は年に数件程度まで落ち着いた。

（もう時代が違うのだ）

日進月歩《にっしんげっぽ》する魔導具だが、その粋《すい》を集めたものが転移門だ。

事前登録した門と連携《れんけい》し、人や物を一瞬で運ぶことができる夢のような技術。欠点は1基作成するのに莫大《ばくだい》なコストと時間がかかり、更に維持にも大量の魔石と一級技術者のメンテナンスが必要なことだ。

グレチェニカには3基しかない。北壁とブリーデンの城と、王宮だ。

近年までは他国からの侵略よりも、魔獣の侵攻の方が国の存亡《そんぼう》を脅かしていた。大陸の中でも、グレチェニカは北に大きく突き出した地形のため、魔獣が現れるとすればまずブリーデンだった。他国にとってはグレチェニカそのものが魔獣との緩衝《かんしょう》地帯のようなもので、自分たちの代わりに魔獣をせき止めてくれるグレチェニカを攻め落とそうとする国はなかった。

そんなわけで海に面している東は言わずもがなだが、他国と国境を接する西、南にも転移門は存在しない。北壁を突破された場合は速やかに伝令を飛ばすため、また至急の増援《ぞうえん》を送るために、この3カ所に国費で転移門が設立され、今も防衛費を使って維持されている。

国防のための設備なので、今も昔もブリーデンは銀貨1枚だって負担していない。

あの日もクリフは、当然のように転移門を使って北壁に移動した。

(ブリーデンにとって転移門は、特別でもなんでもないのだと見せつけるように)

皆、いい加減目を覚ますべきだ。

もう魔獣に怯える時代ではないのだ。

北壁を守っているからといって、ブリーデンを持ち上げる時代は終わったのだ。

もう人類は次の段階に移っている。北部の頂点に相応しいのは時代錯誤《じだいさくご》なブリーデンではなく、他国と盛んに交流し、経済と町を発展させたオードバートであるべきなのだ。

(企業の工場頼みのマコン、道だけのリージーなど敵ではない)

能天気な若造たちに便宜《べんぎ》を図るのは屈辱だったが、チャンスでもある。

息子を1人亡くしてから、先代は精神のバランスを欠いたが、それでも油断ならない男だった。だが新しい当主は、見栄えがいいだけで頭は空だ。

王命で娶った妻に興味がなさそうだったので、容姿だけが取り柄の姪をあてがおうとしたが失敗した。だが男を落とす方法は誘惑だけではない。

(既成事実さえ作ってしまえばこちらのものよ)

男として責任を取らざるを得ない状況に持っていけばいいのだ。その結果、妻と不仲になり、王家の覚えが悪くなろうと、それはクリフの責任だ。

リンダを第二夫人としてねじ込んだあとは、いかようにも公爵家をかき回せる。

クリフに対して笑みを浮かべる侯爵の目は、獲物を狙う蛇《へび》のようだった。


南部はマローリーとは接していないので、リリエッタがこの国に足を踏み入れるのは初めてだ。式の前後だけであれば来賓として迎賓館《げいひんかん》に滞在できるが、長めに滞在したかったのでオードバート侯爵のツテを使った。

兄に反発し、地元を離れて商売を始めたというが、トーマンは商才があるようだ。王都でも富裕層が住む一角に、リリエッタ一行を問題なく受け入れるサイズの屋敷を構えていた。

「クリフ様。出がけにお約束したこと、覚えておりますわね？」

「ああ。絶対に守る」

神妙な顔で頷いたクリフに、リリエッタは満足そうな笑みを浮かべた。

観光目的の滞在なので、クリフとリリエッタは雨の日以外は連日外出した。朝食を終えると出かけ、夕食も外で済ませてから帰る。

侯爵の弟とは初日の顔合わせで礼を述べた以降は最低限の接触で、まさに朝食と寝る場所だけを提供してもらっている状態だった。

若い夫婦は倹約家《けんやくか》で、毎日のように町中を散策したが買い物はほとんどしなかった。

「失礼いたします」

一言告げて、クリフの部屋に入ってきたのはリンダだった。

「君は俺に近づかないよう、妻が言ったはずだが」

「そんなことを仰らないでください。私は妻としてクリフ様にお茶を淹《い》れる日を夢見ていたのです。儚《はかな》い夢に終わりましたが、せめて1杯だけでも召し上がってくださいな」

侯爵の好意に縋《すが》った手前、クリフたちはリンダが伯父に同行するのを拒否できなかった。因縁と言うほどでもないが、あまり顔を合わせたい相手ではないのでさりげなく避けていたが、押しかけられてしまっては仕方がない。

「……茶を飲むのは構わないが、2人きりは駄目だ。妻を呼んでくる」

腰を上げたクリフを遮るように、リンダが扉の前に立ち塞がった。

「どこまでも私を虚仮《こけ》にするのですね」

「そんなつもりはない」

クリフは出発前に、妻と2つ約束をした。

ひとつ。飲食していいのはリリエッタが同席している時だけ。

ふたつ。使用人だろうと異性と2人きりにならないこと。

「もういいです」

媚薬《びやく》入りのお茶を飲ませるつもりだったが、予定変更だ。リンダは襟元《えりもと》に手をかけた。

「!?」

リンダの目的を察したクリフは、大きく踏み込んで距離を詰めた。

クリフは高潔な騎士ではない。彼の精神は戦士に近い。女性を庇うのは一般的に男性よりも戦闘力が低いからであり、女性を尊《とうと》ぶような心はない。へっぴり腰の新兵と、百戦錬磨《ひゃくせんれんま》の女性騎士がそれぞれ離れた場所で戦っていれば、迷わず新兵に加勢するのがクリフだ。

まあ、そんな男なので花嫁を置き去りにして悪びれもしなかったのだが。女性に強く出られずに押し切られることがないのは美点だ。

そんなある意味、男女平等な男なのでクリフは迷わなかった。

一瞬で接近すると、前身頃《まえみごろ》にかけられていた手を弾《はじ》く。体勢が崩れたリンダに肉薄《にくはく》すると、素早く裸締《はだかじ》めにした。頸動脈《けいどうみやく》を圧迫されたリンダは、悲鳴を上げる間もなく意識を手放した。

「やはり傷つけずに気絶させるにはこれが一番だな」

指ではなく腕全体で締め上げるので、首に痕《あと》は残らない。

抵抗らしい抵抗をされなかったので、うっかり気道《きどう》を塞いでしまうこともなかった。もし息の根を止めてしまったら、蘇生《そせい》治療をしなければ死んでしまうので、面倒なことにならずに済んでクリフはホッとした。

崩れ落ちた体を見下ろした男は、迷わず妻を呼びに行った。


リンダが仕掛けてきたのは、王子の結婚式当日——リリエッタが身支度のためにクリフと別行動をしている時——だったので、一連の出来事は「小休憩でリリエッタがクリフの部屋で過ごしていたところ、訪ねてきたリンダが貧血で倒れた」として処理した。

リンダが反証すればこの主張は通らなかったが、目覚めた彼女は怯えきっていた。クリフ視点だと素早く締め落としただけだが、リンダ視点だと突然男に首を絞められて殺されかけたに等しい。

屈強な男がすっかりトラウマになったリンダを、リリエッタは懐柔《かいじゅう》した。

◆◇◆◇◆

マローリーの王子・ウィルソンと、アドラ伯爵家のフレデリカの結婚式は、王都にある大聖堂で行われた。

パイプオルガンの音が響く神秘的な空間で、一組の夫婦が誕生した。

王子が身分差のある恋人に入れ上げるあまり、15年来の婚約が解消されたのは有名な話だ。公爵令嬢の後釜《あとがま》としてフレデリカが選ばれたのは、離別から僅か3カ月後。元々王子とシュタイフ公爵令嬢の婚儀にと押さえられていた大聖堂を使い、花嫁を入れ替える形で予定通りに式が行われた。

王子が男爵令嬢と別れていないのは周知の事実だが、そのことに関してもの申す者はいない。誰もが内心で王家の醜態を嘲笑いつつ、穴埋めではあるが王子妃に抜擢《ばってき》された新婦に憐憫《れんびん》と妬みを向けていた。

表向きは新たな夫婦の門出《かどで》を祝い、招待客は王宮にある大広間に移動した。


冬になれば日が落ちるのは早く、夜闇《よやみ》の中で煌々《こうこう》とした王宮は幻想的な姿を見せていた。きらびやかなシャンデリアが幾重《いくえ》にも並び、美しい天井画と細緻《さいち》な彫刻が施された柱を照らす。磨かれた床を滑るように移動する、色とりどりのドレス。楽団が奏《かな》でる音色《ねいろ》はホールの隅々まで届き、会場に華を添えた。

美しいものだけを集めた、宝石箱のような空間で披露宴は行われた。

開会の挨拶を終えると、国王夫妻は上階に設けられた席に引っ込んでしまった。あとを任されたのは主役である王子夫妻なのだが、ウィルソンは妻となった女性には目もくれず、会場内にいた恋人を呼び寄せると堂々と隣に立たせた。

これが偽装結婚であることは明らかだが、もう少し取り繕うものと考えていた招待客は、王子の浅慮な振る舞いも、それを許している国王もどうかしてしまったのかと正気を疑った。

男爵令嬢と恋に落ちるまでのウィルソンは、特筆すべき点のない無難《ぶなん》な王子だった。才気煥《さいきかん》発《ぱつ》とは言えないがそれなりに優秀で、性格面も問題視されるような部分は見当たらなかった。

初めての恋に舞い上がっている、と言ってしまえばそれまでだが、それにしては周囲の被害が大きすぎる。そう、被害だ。

結婚まで1年を切った状態で婚約を解消したシュタイフ公爵令嬢は、まだ次の身の振り方が決まっていない。解消に至った事情は知れ渡っているし、ウィルソンの有責とされているが、長い年月をいずれ王家に嫁ぐつもりで過ごしてきたのだ。別の生き方をと言われても、すぐに切り替えるのは難しい。

父親である公爵も令嬢も、当時はウィルソンの振る舞いに腹を立て、このまま結婚してもろくなことにはならない、この侮辱を許してしまっては公爵家が貶《おとし》められると、迷わず婚約破棄に踏み切った。

だが王子は、あっさり後任を見つけて予定通り結婚式を挙げた。そうなると、もっと他にやり方があったのではないかと、親子揃って考えずにはいられなかった。

内情がどうであれ、国を挙げての慶事《けいじ》なので、今日はシュタイフ公爵家の面々も出席している。

自分が着るはずだったウェディングドレスを着たフレデリカが、粛々《しゅくしゅく》と婚礼の儀を終えるのを見て、シュタイフ公爵令嬢は胸が苦しくなった。

公爵家が手を引いたことで王家が――ウィルソンが困ればいいと、捨てた婚約者のありがたみを思い知ることを願った。生まれた時から決まっていた婚約が消えた時は、彼女自身を求めてくれる相手と結ばれるチャンスを得られたのだと、自分は決して惨《みじ》めではないと思った。

しかし、大きな混乱もなく、フレデリカが王子妃に納《おさ》まるのを目の当たりにし、王家にとって彼女など簡単に替えのきく存在で、婚約解消ごときは痛手でもなんでもないのだと突きつけられた。

(現実がわかってなかったのは私の方だったの……？)

戦ったつもりだったけれど、逃げていたのか。

勝者のつもりだったけれど、本当は捨てられただけだったのか。

披露宴が始まるなり、あの下品で厚顔無恥な恋人を侍《はべ》らせた王子には呆れたが、シュタイフ公爵令嬢の胸には一抹《いちまつ》の後悔があった。

◆◇◆◇◆

晴れて夫となったウィルソンに一言告げるべきか迷ったが、結局フレデリカは誰にも断りを入れずに会場を辞した。

荘厳《そうごん》な扉を閉じると、そこには夜の帳《とばり》に包まれた静かな空間が広がっていた。昼間のように明るい大広間とは違い、薄暗い廊下は闇に包まれて果てが見えない。

幸いにも今着ているドレスは、脱《ぬ》ぐだけならフレデリカ1人でも可能だ。城の人員は披露宴に駆り出されているので、洗濯室《せんたくしつ》は手薄《てうす》だ。そこから使用人の服を拝借して、お使いを命じられた風を装えば外に出られる。

供《とも》もつけずに1人で退場する王子妃を気にかける者はいなかった。

今からしようとすることを考えれば幸先《さいさき》が良いのだが、それとは別に、気持ちの問題として悲しくはあった。

「もし。王子妃殿下ではございませんか？　城の中とはいえ、お一人では、危のうございますよ」

だからかもしれない。自分を案じる声にフレデリカは反応してしまった。

リリエッタ・ブリーデンと名乗った女性は、夫を呼び寄せると、部屋まで送り届けるとフレデリカに申し出た。

「――……わたくしも政略結婚ですのよ。この秋に嫁いだばかりで、年の頃も妃殿下と同じくらいですので、なんだか他人という気がしませんの」

「そう、ですか……」

「ええ。それで夫君よりも妃殿下の方が気にかかってしまい、お一人で会場をあとにされたので老婆心ながら追いかけてしまったのです」

1人でも気にかけてくれた人物がいたことに、フレデリカの胸がほんのり温かくなった。だからといって、計画を中止するつもりはないが。

「政略結婚と仰いましたが、あなた方は良い関係を築かれていますよね。私とは全然違うと思います……」

「あら。そう見えまして？」

「ええ」

今だって妻とフレデリカの会話を邪魔しないよう、数歩距離を開けてついてきている姿は寡黙な騎士のようで、彼がリリエッタを尊重していることがうかがえる。

「クリフ様。わたくし妃殿下とお話があるので、扉の外で待っていてください」

「わかった」

二つ返事で了承すると、クリフは廊下で待機の姿勢をとった。

「あの……」

流れでリリエッタを部屋の中に招いてしまったが、フレデリカは困惑していた。

それと同時に、王子妃でありながら誰も待機していない――明かりすら灯されていない部屋を見せてしまったのが恥ずかしかった。

「実はわたくしも、始まりは散々でしたのよ――……」

フレデリカの手を引いたリリエッタは並んでソファに腰掛けると、輿入《こしい》れのためにブリーデンの城に入ってからの一部始終を説明した。


リリエッタは、過去にクリフにされた仕打ちをフレデリカに語った。

極力主観を排して事実のみを述べたのだが、改めて言葉にすると酷い話だ。

「……何故そんな人と、やり直そうと思ったんですか？」

披露宴で他の女を侍らせているのと、結婚式の途中で姿を消して残り全部押しつけられるのとでは、どちらが酷いのだろうか。

少なくとも、最低限の仕事しかしないマローリーの侍女と、嫌がらせをし暴言まで吐いたブリーデンの侍女では、後者の方が酷い環境だ。そんな状況で戦って離婚を勝ち取るならまだしも、何故婚姻の継続を決めたのかフレデリカは理解できなかった。

「お顔が好みでしたので」

「え？」

「女性は年を重ねるにつれ、男性の容姿を重要視しなくなると申しますでしょう？　でも、わたくしまだ10代の乙女でしてよ。……あまり大きな声で言えない話なので、ここだけの話にしてくださいましね」

頰に手を添え嫋《たお》やかに微笑む姿に、フレデリカは絶句した。

本気か冗談か判断がつかない。

「フレデリカ殿下。この世に完璧な人間などいないのです。変えられる部分をどうにかすることで、なんとかなるのであればそれでいいのですよ」

「……」

「もし生理的に受け付けなかったり、ウィルソン殿下を許せない気持ちが強いのであれば無理にとは申しませんが」

フレデリカは想像した。ウィルソンの容姿に不満はない。どちらかというと凜々しく雄々《おお》しいブリーデン公爵よりも、華やかで細身な王子の方が彼女の好みだったりする。

今日に至るまでずっと酷い態度をとられたが、彼の暴言は戯言《たわごと》に近く、思い返せばそこまで傷ついていない自分に気付いた。心に余裕が生まれた今では、外の世界を知らない愛玩犬《あいがんけん》がキャンキャン吠《ほ》えているようなものとすら思う。

フレデリカは、番犬のように妻に付き従っていたクリフの姿を思い出した。

リリエッタの言葉を信じるなら、半年も経たずにクリフは妻の忠犬に成長している。フレデリカの夫が同じような忠犬になる姿は想像できない。やはりあの王子は愛玩動物が精々《せいぜい》と言ったところだろう。

（夫を教育――いいえ、躾と言った方がしっくりくるわね）

子供の躾は、親の責任。生みの親が躾できないのであれば、その役割を担うのは妻だ。

フレデリカは国王夫妻のように甘やかすような真似はしない。

熱に浮かされたことで忘れてしまった道理を叩き込み、舐めた考えを叩き直す。

「悪くない……」

むしろいいかもしれない。彼女の中で、何かが芽生えた。

◆◇◆◇◆

フレデリカに続いて、国王夫妻も側近に耳打ちされて席を外した。

時間にして四半刻足らずだったが、両者は共に会場に戻った。一連の行動が静かに行われたのもあり、気付いたのは会場にいるごく一部だけで、大多数は何も知らずに宴に興じていた。

その大多数に含まれていたウィルソンは、近衛騎士を伴ったフレデリカが背後から近づいてくるのに気付かなかった。

ウィルソンが妻を認識したのは、股間《こかん》に激痛を感じて床に這《は》いつくばったあとだった。生まれて初めて受けた急所への攻撃は、目の前が真っ白になり、頭の奥がチカチカするほどの強烈な痛みを温室育ちの王子にもたらした。

後ろから回り込んだフレデリカは、今しがた夫の股間を強打した凶器を床に打ちつけた。

ガァアーンッ！　と大きく響いた、華やかな場にそぐわない音に、花嫁の凶行を目にしなかった人々も何事かと注目した。

「お……、おっまえ。それ、は……！」

「ええ、ご存じの通り王笏《おうしゃく》です」

「何故、それをっ……！」

「陛下にお貸しいただいたからです」

王の権威の象徴である王笏は厳重に保管されており、勝手に持ち出すことなどできない。王子であるウィルソンを暴行したというのに近衛が咎めないということは、王笏の件もだが、全て父である国王が認めているということだ。

「此度の婚姻。殿下はご自分の都合がよろしいように考えていたのでしょうが、実情は違います」

リリエッタから知恵を授《さず》けられたフレデリカは、国王と交渉した。

「なん、だと……？」

フレデリカの言葉に、ウィルソンだけでなく、周囲も驚きの表情を浮かべた。

「殿下の愚行は国内外に広く知れ渡っています。それを御せなかった陛下の力不足もです」

結婚10年目にしてようやく授かった一粒種。

生まれたのが男児だったこともあり、周囲は蝶よ花よとウィルソンを育てた。

猫可愛がりされていた王子だが、それでも素直に成長しているうちは問題なかった。

しかし、思春期に突入したウィルソンはガリーナと出会ってしまった。おいたするようになった王子に対して、それまで息子を叱ったことがなかった両親はお手上げ状態になった。

そうこうしているうちに、シュタイフ公爵家から破談の申し入れがあり、息子の態度を改めさせることができなかった国王は、公爵家との関係をこれ以上悪化させないため承諾するしかなかった。

結婚式の日取りは決まっており、各方面で準備を進めていた。まさか空いた花嫁の座に、家格も品位も足りないガリーナを据えるわけにはいかない。国王がどう収拾をつけるか頭を悩ませていた時に提案されたのが、訳ありな伯爵令嬢との偽装結婚だった。

「ご壮健な陛下ですが、親が子より先に世を去るのは必定《ひつじょう》。陛下は自らの代わりに、殿下を戒めることができる者が必要だとお考えになったのです」

アドラ伯爵から形だけの結婚を提案されたウィルソンが、父王に打診した時にはそんな様子は全くなかった。絶句する王子に、フレデリカは説明を続けた。

「事前に噂が広がっていたこともあり、実際にガリーナさんを侍らせる様を見て、来賓の皆様もマローリーは終わりだと思われたでしょう。1人の女に現《うつつ》を抜かし、分別を忘れた者がいずれ王冠を抱く予定だなんて、国家の崩壊を喧伝《けんでん》しているようなものです」

「な——」

この国では結婚後に立太子を行うので、ウィルソンはまだ王太子ではない。

他に国を任せられそうな継承権を持つ人物がいないので、このままだとウィルソンが次の国王なのだが、まともな貴族ほど今の王家に危機感を抱いているだろう。

「沈むことがわかっている船から逃げ出すのは当たり前。それどころか、どうせ沈むのならとガリーナさんを利用して、最後に甘い汁《しる》を啜《すす》ろうとする者だって出てくることでしょう」

既に何人かガリーナに接触を図ったり、彼女に贈り物をしたりしている。

「今日だけでも大人しくしてくだされば、私も穏便《おんびん》に済ませたのですが、あろうことか披露宴で愛人を侍らせるなど言語道断《ごんごどうだん》。殿下の浅慮が本日お招きした方々に知れ渡ってしまったので、陛下と協議の上でこの場で全てを明かすことにいたしました」

辛辣な言葉に、額に脂汗《あぶらあせ》を浮かべたウィルソンの顔色が一層悪くなった。

「神の御前で誓いましたもの。健《すこ》やかなる時も病《や》める時も、これからは私が隣できっちり躾けてさしあげます。殿下の教育のためとあらば、何をしても――今のように打ちすえて衆人環視《しゅうじんかんし》のもと床に跪《ひざまず》かせても構わない、と陛下から許可をいただいておりますのでお覚悟ください」

「そんな――！」

縋るように国王の席を見たが、息子の躾を嫁に任せた父親は気まずさで視線を逸らした。国王として一連の出来事に危機感は抱いていたが、悪役になりたくないという、どこまでも日和《ひより》見《み》な態度だ。

だがそのおかげでフレデリカに強い権限を与えてくれるというのなら、むしろ好都合だ。

ウィルソンがすっかり大人しくなったのを確認すると、フレデリカは標的を変えた。

「――ガリーナさん」

「ヒッ！」

「殿下の癒《い》やしとして、後宮にあなたの部屋を用意します」

「え？」

「ご安心なさい。後宮は王妃様が管理されていらっしゃいますが、あなたに関してのみ私に全権を委《ゆだ》ねられています」

全く安心できない。つまりガリーナの生殺与奪《せいさつよだつ》の権はフレデリカにあるということだ。後宮という閉じられた世界なら、何が起きても簡単に揉み消すことができる。後宮に入るということは、フレデリカの手中でいつ握り潰されてもおかしくない生活に身を投じるのと同義だ。

「あなたは殿下の最愛、いつ何時命を狙われるかわかりません。まず身の安全を図るため窓には鉄格子《てつごうし》をつけて、扉には常時女性騎士を配置します。万全の体制で暗殺者が侵入できないようにするので安心してお過ごしください。もちろん部屋に出入りできる男性は殿下のみ――これに関しては当然ですよね」

フレデリカは、青ざめるガリーナに畳《たた》みかけた。

「外の世界は、殿下の唯一であるあなたを利用しようと目論《もくろ》む者だらけです。あなたがそういった連中に食い物にされないよう外出は禁止、面会の際は必ず私が同席します。部屋に籠もりっぱなしだと体が衰えるので、女性騎士に屋内トレーニングを指導するよう申しつけて、健康管理には万全を尽くします」

堂々と軟禁《なんきん》すると宣言する。

「社交どころか外にも出ないので、新しい服や宝飾品は必要ないですね。国民の血税を無駄にはできないので買い物は認められませんが、殿下を愉《たの》しませるために化粧品と下着の購入だけは例外として許します。それと、万が一にも妊娠《にんしん》しないよう、処置を行いましょう。大丈夫です、今は体に負担をかけない方法がありますから。安心して務めに励んでください」

「そんな——！」

身分故に王妃にはなれなくとも、国母《こくぼ》として国一番の女になるという野望を打ち砕《くだ》かれて、ガリーナは怒りと恐怖で震えた。

「だって子供ができたら殿下が最愛ではなくなってしまうでしょう？　人格に問題でもない限り、子供を最優先にするのが母親という生き物です。違いますか？」

そんなわけがないことを、フレデリカは誰よりも知っている。もし母が無条件に子供を一番に愛するなら、彼女はこの場に立っていない。

だがわかっていながら否定しがたい綺麗事を述べることで、ガリーナの逃げ道を塞いだ。ここで子供を優先しないと言ったら、親になってはいけない人間だと自ら認めることになり、ウィルソンを失望させかねない。今のガリーナの地位はウィルソンの寵愛ありきだ。彼の気持ちが冷めたらそれまでの不安定な立場だ。

「でも、愛《いと》しい人との子供を望むのは当然のことで……」

「子供ができたら、妊娠期間は殿下を癒やせませんよ。それに産んで終わりではありません。王族の子供といっても、親には養育に関する責任があります。つまり妊娠したら最後、殿下への愛は二の次。殿下の扱いはおざなりになるということです」

後半はウィルソンに向けた言葉だ。

狙い通り、なんの疑いもなくガリーナと子を作るつもりだった王子は、孕ませることがはたして自分にとっていいことなのか天秤《てんびん》にかける顔になった。

「あなたには終生、余所見をせずに殿下に尽くしてもらいたいと思います」

「そっ、そうやってあたしを虐げるつもりなのね！」

「いいえ。最大限あなたの健康と安全に配慮しています」

「嘘つき！」

叫ぶガリーナを、フレデリカは宥《なだ》めた。

「……嘘ではありません。私はあなたの味方です。もしあなたが王族という、圧倒的な身分を持つ相手に迫られて致し方なく従っていたというなら、力になりましょう」

「え——？」

「殿下との愛に殉《じゅん》じて、生涯を捧げるか。被害者だったと告白して、自由を得るか。——あなたが心から望むのはどちらですか？」

聞こえのいいことを言っているが、前者は王子専用の娼婦だ。

しかも厳しい制限を受けて生活するなんて囚人《しゅうじん》のようではないか。市井《しせい》の娼婦だってもっと自由でマシな生活を送っている。

後宮での生活はフレデリカが全権を握っている。ウィルソンに甘えたところでどうにもならない。ガリーナが望んだのは多くの人間に傅《かしず》かれる生活であって、モルモットのように管理された生活ではない。

買い物も満足にできない。殿下以外の見目麗《みめうるわ》しい男たちにちやほやされることもない。次の王を産んで権力を握ることもできない。

ガリーナの望みが一切叶わない生活に、意味なんてない。

「そ、そうなんですぅ！　あたし殿下に逆らえなくって！」

ガリーナは胸の前で手を組むと、悲劇のヒロインぶってみせた。

瞬時に目を潤《うる》ませる演技力と、自分の魅せ方を心得ている点は流石だ。

「ガリーナ⁉」

「助けてくださいフレデリカ様！」

ウィルソンの声を無視して、ガリーナはフレデリカを見つめた。

ここまできて撤退するのは口惜しいが、自由になればチャンスがある。王子は諦めることになるが、次は王子に執着された悲劇の令嬢として伯爵以上の子息を狙おう。

自分が守らねば、という考えに取り憑《つ》かれた男は、思考力が一気に低下する。女に耐性がなかったウィルソンとはまた違った意味で、ガリーナにとっては容易《たやす》く仕留められる獲物だ。

「ではあなたは殿下を愛したことはないということかしら？　今までのことは全て殿下に言わされていたと？」

「はい。そうしなければ家がお取り潰しになると思って、逆らえませんでしたぁ」

怯えた表情で、涙を拭《ぬぐ》う。

以前のフレデリカは周囲から遠巻きにされていたので、ガリーナは彼女がどんな性格かよく知らなかった。入城してからは、いつも強ばった顔をした大人しい女だと思っていたが、全部演技だったとは。完全に騙《だま》された。

（このままでは終わらないわよ）

これだけ気が強いのだ。折りを見て彼女を貶める噂を流したり、茶会でプライドの高い連中を煽ったりすれば、あっという間に周囲を敵だらけにできるはず。

野望を潰してくれたお返しをするためにも、今は撤退だ。

「うそだろ……ガリーナ……」

形だけの妻を娶ってまで側に置こうとした最愛に裏切られて、ウィルソンの顔が絶望に染まった。

王子である彼は生まれてから、ずっと周囲に管理されてきた。

侵入できるような窓がある部屋だと、護衛が窓際に配置されるので、鉄格子がついた窓に忌《き》避《ひ》感《かん》どころか安心感を覚えるくらいだ。

部屋を与えられながら仕事を免除され、ウィルソンの相手だけをすればいいなんて破格の扱いだ。彼にとって、フレデリカの提案は素晴らしいものだった。

だから、それを拒否して、あんなにも愛し合っていたウィルソンを悪者に仕立て上げたガリーナの裏切りは信じられなかった。

揺るぎないと思っていたものがガラガラと崩れ、何故崩れてしまったのか理解できず。寄る辺をなくしたウィルソンは茫然自失状態だ。

「そう。辛かったわね。もう大丈夫よ」

これだけ証言を引き出せれば充分だ。

ガリーナから言質をとったフレデリカはほくそ笑んだ。

「あなたも知っての通り、殿下の執着は異常よ。何せ長年連れ添ってくれた婚約者を簡単に手放すくらいだもの。だから二度とあなたに無体《むたい》を強いることがないよう取り計らいます」

「あ、ありがとうございます……？」

フレデリカの言葉に不穏なものを感じ、ガリーナは怯《ひる》んだ。

「王族の権威が届かない、辺境の修道院に責任を持って送り届けてあげましょう。殿下から逃げたいならこれ以上ない場所でしょう？」

政教分離が進んでいるマローリーだが、力のある貴族であれば多少の融通はきく。だが辺境の修道院は設立当時より絶対不可侵の看板を掲《かか》げており、たとえ王族であろうと力の及ばない場所だ。

王族でも無理なのだから、他の貴族は言わずもがな。

一度入ってしまえば絶対に還俗《げんぞく》できない。

「同時に殿下が男爵家に圧力をかけないよう、王家主催の夜会への出席を免除してさしあげます。殿下はこれから再教育に入るので、顔を合わせることもない相手に構っている暇はないでしょう」

フレデリカは娘を野放しにした男爵家を、マローリーの社交界から退場させた。

第二のガリーナが出てこないようにするための見せしめだ。

この先、各家の父親は娘の行動に目を光らせるようになるだろう。

「ああ。出家するなら、その長い髪は邪魔ね。戒律《かいりつ》の厳しい場所だから、手入れの時間なんてないでしょう」

修道院行きを拒否したいが、それをすると今まで言ったことが嘘になってしまう。

ガリーナは必死に考えたが、焦《あせ》りもあって上手い言い訳が思いつかない。

この短時間で大量の汗をかいたので、少女の額には前髪が張りついている。フレデリカはふっと笑うと、ガリーナの髪を整えた。

「ヨハン・ホルバイン。彼女の髪を切ってさしあげて」

ガリーナの頭から簪《かんざし》を抜き取ると、豊かな髪が肩を滑り落ちた。

「でっ、できません」

「どうして？」

「……罪なき女性に剣を向けるなど、騎士にあるまじき行為なので……」

「あら、おかしいわね。彼女に命じられた時は、迷わず私の髪を切ったじゃない」

そう言うと、フレデリカは結って長さを誤魔化していた髪をほどいた。

貴族の女性としてありえない長さの髪が晒され、周囲が息を呑む。

「あなたは近衛騎士で、今の私は陛下の代行。彼女の命令を聞いたのに、私の命令には従えないというなら、あなたの主は一体誰なのかしら？　良心に基づいて拒否するというなら、そもそも私の髪を切ったりしないわ。つまりあなたの主はあなた自身で、あなたの行動指針は騎士道ではなく保身なのよ」

黙り込む騎士に冷たい視線を向けると、フレデリカは「騎士団長！」と上司を呼び出した。

「はっ！」

「マローリー唯一の王子の専属が、騎士も、どきだなんて嘆かわしいことです。それともこの国の騎士団は、これが普通なのかしら？　団長は『我が身が一番。その場の権力者に阿《おもね》ろ』とでも指導しているの？」

「いいえ！　決してそのようなことはございません！　国王陛下に剣を捧げ、騎士道精神に恥じることのない生き方をするよう重々教育しております！」

「なら責任を持って、騎士団の引き締めを行いなさい。二度目はありません。周囲の人間がお諫《いさ》めしなかったのも、殿下が暴走した一因です」

「はっ！　直ちに取りかかります！」

姿勢を正して宣言する団長に頷くと、フレデリカは団長の時と同じ流れで親戚の男を呼び出した。

「ご無沙汰しております、王子妃殿下。このような状況ですので祝いの言葉は控えさせていただき、ご用件をうかがいたく存じます」

深々と腰を折るレイモンドは、巨漢でふくよかな体型をしている。

目が細いので常に笑っているように見えるが、その中身は蛇のように狡猾《こうかつ》で抜け目がないのだと、フレデリカは長い付き合いで嫌というほど知っている。

「話が早くて助かるわ。あなたには妹と結婚してアドラ伯爵家を建て直してもらいたいのよ」

「おや」

「あなたにはまだ婚約者がいなかったわよね」

「ええ、残念ながら。節制しても太ってしまう体質なので」

この国ではウィルソンのような細身の体型が好まれる。レイモンドはフレデリカより5歳年上だが、容姿が原因でご令嬢たちから嫌厭《けんえん》されていた。

「王族として、力量のない者に領地を任せることはできないわ。他家であれば容易に口出しできないけど、実家なら話は別。あなたが伯爵家を管理して、王子妃となった私の後ろ盾になって欲しいの」

「それが妃殿下のお望みとあらば。不肖《ふしょう》ながらこの――」

「ちょっと待ちなさいよ！」

バサバサとドレスの裾をはためかせて、少女が1人駆けてきた。

そのあとに中年の男女が小走りで続く。

「勝手なことしないでお姉様！　私がこのデブと結婚⁉　冗談じゃないわっ‼」

「……ご覧の通り、両親がろくな躾をしなかった結果、野生の猿のような娘になってしまったの。問題を起こさないよう、外に出さないでもらいたいわ」

「王族との会話に割り込み、このような場で暴言を口にするとは。妃殿下の仰る通りですね」

「フレデリカ！　貴様、何を勝手に決めてるんだ！」

「そうよ！　まだ当主はこの人よ。今わたしたちが、あなたの後ろ盾から降りたら困るんじゃないの？」

「いいえ。元々あなた方では大した後ろ盾になっていなかったので、あってもなくても同じです。代替わりして本来の力を取り戻したあとであれば、頼りになりますがね」

そう言ってフレデリカは、ちらりと目配せした。

彼女の意図に気付いたレイモンドは、

「私が伯爵家の当主となった暁《あかつき》には、全力で妃殿下をお支えします」

と宣言した。顔を真っ赤にする両親に歩み寄ると、フレデリカは小さな声で忠告した。

「王家からのお金をあてにしてらっしゃるようですが、あれは私の働きに対して支払われるもの。私が受け取ります」

「そんな――」

「既に陛下とは話がついています。彼に家督を譲らなければ、早くて春には破産ですよ。今なら先代当主として暮らしを保証されるでしょうがね」

当主になるつもりで励んでいたので、伯爵家の財政は頭に入っている。没落しないよう尽力していたフレデリカを手放してからも、今まで通りの生活を送っているのなら、遅かれ早かれ爵位を返上することになる。

打算を働かせる2人に気付かれないようフレデリカは笑った。

レイモンドは、そんな甘い人間ではない。隙あらば、相手を食らいつくそうとする野心家だ。足を引っ張りかねない伯爵家の3人を自由にするとは思えないので、待っているのはフレデリカがガリーナに提案したのと似たり寄ったりな生活だろう。

「お父様、お母様。常々お二人が仰っていた通り、私はお婆様そっくりの烈女《れつじょ》になりました。ご満足ですか？」

顔を上げて胸を張ったその姿は、若かりし頃の祖母に瓜二つだった。

あれは無理だ。

自分はあんな風に、ウィルソンを諫めることはできない。

誰でも良かったのではない。フレデリカにしか任せられなかったのだ。

一連のやり取りを見ていたシュタイフ公爵令嬢は、胸に巣くっていた霧が晴れるのを感じた。

全て勘違いなのだが、吹っ切れた彼女は新たな王子妃に拍手を送った。

◆◇◆◇◆

王宮からの帰り道を、2頭立ての馬車が3台連なって走っていた。

先頭を走るオードバート侯爵は、後ろを走るリリエッタたちの馬車は把握していても、その後ろにもう1台ついてきているとは思わないだろう。

「リリエッタ。あれは君の入れ知恵か？」

部屋に戻るまで消沈した様子だった王子妃が、再び顔を見せた時には、女傑《じょけつ》と言うに相応しい迫力のある女性に変貌していた。

どう考えても妻が何かしたとしか思えない。

「隣国が乱れると、グレチェニカにも影響が及びますもの」

リリエッタは平然と認めた。

「後学のために、先ほどの出来事について解説いたしますね。まず自分自身に力がない場合は、相手を確実に抑えられる人物の力を借りることです。例えばフレデリカ様が他国の王女だったり、唯一無二の価値を最初から持っていたりすれば話は別でしたが、そうではなかったので王子よりも偉い存在＝マローリー国王陛下であったわけです」

「……俺の時も国王陛下だったな」

「ええ。フレデリカ様は嫁として陛下と交渉できる立場にありますし、わたくしも王命での結婚でしたので、陛下の権威をお借りすることができました」

「王子の教育権を取得したのは本当だが、元々そのつもりで結婚したというのは嘘だな」

確信を持ったクリフの言葉に、リリエッタは頷いた。

「そちらの方が王の威厳も、フレデリカ様の体面も保たれますからね」

唯々諾々《いいだくだく》と偽装結婚を認めたとか、親に売られてなすがまま冷遇されていたよりは、最初からそのつもりで演技していたという方がマシだ。

「愛人――じゃなくて、恋人だったか。彼女に選択肢を与えたのはどうしてだ？」

「あれはどちらを選んでもフレデリカ様が得をするようになっています。どちらでも構わないから、選ばせたのですよ」

もし後宮入りを選んだら、ガリーナを飼い殺しにできた。

妊娠させなければ、いくら寵愛を得ようと彼女の栄華は局所的なものだ。

それに恋愛はシチュエーションも大きく影響する。身分差というスパイスが味をなくし、部屋に行けばいつでも相手をしてくれる女に成り下がったガリーナに、ウィルソンの熱ははたしてどれほど続いただろうか。

「騎士もそうなのか？」

「ええ。もし命令通り髪を切れば、彼個人の評判が下がったでしょう。命じられたからといって人前で女の髪を切ったら、高潔な騎士ではなく、善悪を考えず言われたらなんでもやる男に成り下がります。切っても、切らなくても、騎士としての資質が問われたでしょう」

「なるほど。だがあの短時間にそこまで指南《しなん》したのか？」

「わたくしは基本の部分をお教えしただけで、大半は妃殿下が自力で考えられたことです。一目見た時から才能がありそうだと思いましたが、想像以上でしたわね」

「……」

それはリリエッタのように相手をやり込める才能なのか、それともサディストとしての才能なのか。奇しくもクリフは、数カ月前に舅《しゅうと》であるサウス公爵が抱いたのと同じ気持ちを、時と場所を変えて味わうことになった。

窓を開けたリリエッタは、夜風に煽られた髪を手で押さえた。

「クリフ様、見てください。こちらも成功したようですよ。タイミングが良いですね」

逗留先であるトーマンの屋敷は、夜中だというのに全ての部屋に明かりが灯り、多くの人が出入りしていた。

鉄柵《てっさく》越しに見えた前庭には、騎馬用の馬が何頭も待機している。玄関口は松明《たいまつ》に照らされて、グレチェニカの旗が掲げられているのが見えた。

「これは一体どういうことだ！」

玄関を出入りしていた騎士たちは、馬車が到着するなり機敏な動きで取り囲んだ。

母国の騎士団相手だからか、恐怖や困惑よりも怒りをたぎらせたオードバート侯爵の声が雑然とした空間に響いた。

「立ち入り捜査だ。大人しく応じるように」

「王太子殿下!?　何故ここに？」

「君たちのあとを走ってきただけなのだが、夜の闇で気付かなかったようだね」

動揺するオードバート侯爵に、

「残念だよ侯爵。まさか国からの支援を横領して、私腹を肥《こ》やしていたとはね」

と、フリッツは言った。

「なっ、何か誤解があるようです。全く身に覚えが――」

「あら。侯爵様がわたくしたちに付き合って、長期間領地を留守にしてくださったので、しっかり調べることができましたのよ」

「まさか――！　貴様が仕組んだのか！」

「嫌ですわ。ご自身でわたくしたちについてくることを選んだんじゃありませんか」

リリエッタは侯爵に城を空けさせるために餌《えさ》をぶら下げた。だが、クリフを罠にかけようと餌に食いついたのは、侯爵の選択だ。

「南部の女狐《めぎつね》めがぁぁああ!!　許さんっ!!　許さんぞぉおっ!!」

リリエッタに掴みかかろうとした侯爵を騎士が押さえつけた。

唾《つば》を飛ばしながら怒鳴《どな》る侯爵から、妻の姿を隠そうとクリフが立ち塞がるが、リリエッタはひょっこり顔を出した。

「あらあら。悪いことをして報いを受けるだけなのに、許さないだなんておかしなことを仰るのね」

「リリエッタ。そこまでにしてやれ」

ころころと煽るリリエッタを、困り顔のクリフが窘めた。

呪いの言葉を吐かれてもケロッとしているリリエッタを見て、フリッツは苦笑しながら懐から書簡を取り出して掲げた。

「ウベル・オードバートならびにトーマン・オードバート。明朝、貴殿ら兄弟を連行し、王宮にて取り調べを行う。これは陛下のご命令である。この意味がわかるな？」

王の決定なのだから、侯爵だろうと融通をきかせることはない。

オードバートの城ではなく王宮に連行ということは、既に有罪は確定し、残すは最終確認のみであることを意味している。取り調べのあとは、そのまま王都で刑を執行する予定だ。

「私はオードバートの目覚ましい発展を評価していた。だからこそあの活気ある町が、貴殿の罪の上に成り立っていたことを心から残念に思う」

フリッツの言葉に、侯爵は地に膝をつき項垂れた。

8章　エルゴ村のランベルト

『――……物資の流れは掴んでおります。あとは誰がどのように関与しているか、内部の調査です。わたくしがオードバート侯爵を領地から引き離しますので、エルギ様は北部に残って調査をお願いします』

『黒幕はオードバート侯爵ということですか。それにしてもどうやって調べたんですか？』

『それは秘密です。いくら共闘関係にあるといっても、手札を全てお見せするわけにはいきませんわ』

マコンでのやり取りを思い出し、ランベルトは目を閉じた。

(結果として上手くいったが、私もまだまだだな)

南部から輿入れしたばかりのリリエッタが、何年も続く横領に関与している可能性は少なかったが、結婚後に犯人に取り込まれていた可能性はあった。

クリフの前で口を滑らせたこといい、あの時のランベルトは平静ではなかった。

小高い場所にあるマコンからは、周囲を一望できる。

ランベルトは一目で良いから故郷があった場所を見たかった。

復興を期待していたわけではない。あれほど壊滅的な被害を受ければ、建て直すよりも新天地を目指した方が楽だ。それにあの土地に留まるということは、再び寒波がやってきた時に同じ状況になるかもしれない危険も孕んでいる。

領民の移動は領主に管理されているが、あの時はそんなことを言っていられる状況ではなかった。ランベルトの故郷ほどでなくても、損害を被《こうむ》った集落は多かった。

領主たちも全てには手が届かず、去るも留まるも自由と許可された。

当時の領主たちに怠慢があったわけではなく、純粋に想定を大きく超える被害だったということは、ブリーデンの古い資料で確認した。今では使われていない羊皮紙に書かれた記録には、被害の全体像が生々しく記されていた。

18年程度では山の稜線《りょうせん》は変わったりしない。

記憶を頼りに探した故郷の村は、遠目にも人が住んでいる土地には見えなかった。

覚悟していたが、うち捨てられた故郷の姿にはくるものがあった。今まで蓋《ふた》をし、曖昧《あいまい》にしてきた答えを突きつけられ、胸にぽっかりと穴が空いた。

帰るところはもうないのだと、いい歳だというのに心細さを感じた。

そんな状態だったから、ついクリフに当たってしまった。いつものランベルトなら軽く流して終わっただろうに、無性《むしょう》に気に障った。

更にリリエッタに問い詰められて、正直に答えてしまったのも失態だ。いつもなら駆け引きをして、ギリギリまで相手からの情報を引き出してから判断したのに。

(もう18年経つ。故郷で過ごした年月よりも、王都で過ごした時間の方が長いのに不思議なことだ)

目を閉じればいつでも鮮明に思い出せる。

ランベルトの心の奥底には、今もあの吹雪《ふぶき》が残っていた。

◆◇◆◇◆

18年前――

過去に類を見ない大寒波が北部を襲った。

ランベルトの故郷であるエルゴ村は、木こりや炭焼き職人など森の恵みで生計を立てている者が集まっていた。

ランベルトの父は製鉄職人だった。製鉄には木炭が必須なので、妻と息子の3人で森に近いエルゴ村に暮らしていた。

栄えているとは言いがたいが、平和な村だった。

人里から少し離れているので、生活物資は不定期に立ち寄る行商人の他、町の商店が月に2回、注文された食料や日用品を配達していた。

その年も例年通りに冬ごもりの準備をして、晴れた日は外で仕事を、吹雪《ふぶ》いた日は家の中で内職をしつつ春を待ちわびる予定だった。

しかし、手を伸ばした先が見えないほどの激しい吹雪が何日も続いたことで、全てがおかしくなった。


ミシミシと音がした瞬間、本能的にこれはマズいと感じた。

父がランベルトを抱え、母が3人分の外套《がいとう》を引っつかんで外に飛び出したのと、屋根が落ちてきたのはほぼ同時だった。

雪が打ちつける中、3人は外套を羽織《はお》り、逸《はぐ》れぬよう手を繋いで教会を目指した。白い視界は右も左もわからず、太ももの高さまで積もった雪に足を取られて、近所の教会にたどり着くのに気が遠くなるほどの時間と体力を使った。

村の家は土と木で作られていた。

雪下ろしを許さない猛吹雪により、何軒かの家が雪の重みで潰れた。

異常事態に村民は、村の中心にある教会に集まった。教会は村民全員が礼拝の際に着席できる程度の広さしかなく、横になって休むにはスペースが足りなかった。

そのため村長は、まだ家が潰れていない者は家で過ごすという決断を下した。家に帰れば横になって眠れるし、備蓄もあるので快適に過ごせる。だが、あの吹雪の中をもう一度歩くのはとても危険だったし、いつ潰れるかわからない家で過ごすなんて恐怖でしかない。

教会をあとにする自宅待機組の表情は暗かった。

ランベルトの家は住居部分の半分が潰れてしまったので、避難所生活を余儀《よぎ》なくされた。身ひとつで避難した者が大半で、荷物を取りに行こうにも視界が悪すぎる。

その日は皆で固まって夜を明かした。

教会にも非常時の備えはあったが、一冬もの間、村民を養えるほどではない。


翌朝。

夜に比べると明るいが、太陽の光が遮られているので外は薄暗かった。男衆は遭難《そうなん》者が出ないようロープでお互いの体をくくり荷物の回収に出かけた。

ランベルトの父も、その中の1人だった。

「父さん！」

「あなた！」

「悪ぃ。しくじった」

ハハハと痛みをこらえて笑う父の左腕は血で汚れていた。

「どっかの資材が風で飛ばされて、ベンさんに直撃したんだ」

「ありゃたぶん屋根の一部だ。オレたちゃもう一度行くけど、アンタは休んでな」

「凍っちまったおかげで血は止まったし、包帯《ほうたい》巻いたらすぐ行けらぁ」

「馬鹿言っちゃいけないよ。今は無理せず、ちゃんと傷が塞がってから参加してくれ」

村には井戸があったが、この天気ではとても汲みに行けない。

教会にあった水瓶《みずがめ》の中身は飲用水にすると決めていたので、桶《おけ》いっぱいの雪を屋内に持ち込んで溶かすことで生活用水を工面した。

桶の水で傷口を洗った父は、村人の中では体格に恵まれていたので、自分が真っ先に離脱することを負い目に感じているようだった。何をすることもなくただ待つ時間、というのはとても長く感じる。

戻ってきた男たちは、薪にできそうな木材だけ持ち帰った。

「駄目だ。視界が悪い上に、荷物は押し潰された屋根の下だ。外に置かれていたものしか持ってこれん」

「暖房を絶やすのは死活問題なので、薪だけでも確保できて良かったです」

「ほんの一時で良いんだ。せめて雪が止んでくれればなぁ」

神父と男衆が話し合う中、ランベルトは手伝いとして木材を並べた。雪に埋もれていた木材は湿《しめ》っていて、そのままでは火がつかない。暖炉《だんろ》の近くに等間隔に並べると、しゃがみ込んだ少年はじっと炎を見つめた。

水が足りない。食料が足りない。着替えもなければ、毛布も全員に行き渡っていない。

温かい家の中で、機織りする母の鼻歌を聴いていたのが遠い昔のようだった。

膝に顔を埋めた時、ホニャアと高く細い声がランベルトの耳に入った。

「ごめんなさいね」

赤子を抱いた女性が眉尻を下げる。ランベルトはふるふると首を振った。

「ちっちゃい……」

「秋に生まれたばかりだから」

指を伸ばせば、想像よりしっかりした力で掴まれた。

「ねえ、ヘルガさん。この子まだ名前つけないの？」

「あの人につけてもらいたいからね。だからそれまでこの子は私の愛しい『ぼうや』よ」

「アントンさんも出発前に考えとけば良かったのに。大人でしょ」

ヘルガの夫は、新しい家族が増えるから蓄えが欲しいと出稼ぎに行っていた。戻るのは春だ。1軒1軒回って、身重の妻の世話を村の奥さんたちに頼んでいたのを覚えている。

「ふふふ、生意気なこと言うわね。……ちゃんと候補は考えていたのよ。でも顔を見たら、これだ！　って名前が出てくるかもしれないでしょ」

「ふぅん」

「興味ないわね」

「うん。それより、こんなに小さいのにちゃんと爪があるんだね」

とても細くて小さな指なのに、その先には綺麗な爪が生えている。

「当たり前よ。そろそろ切ろうと思っていた頃だから、少し長いわね」

「長いと駄目なの？」

「かきむしって自分を傷つけちゃうかもしれないからね」

ヘルガは赤子の手に触れると、「誰かヤスリ持ってないかしら」と呟いた。

「赤ちゃん産むの初めてなのに、よく知ってるね」

「女将《おかみ》さんたちに教えてもらったからね」

「……この子が引っかかないように、手を握ってあげてもいいよ」

「それよりも、抱っこしてくれると嬉しいな」

「いいの⁉」

危ないから、と生まれた時には近寄らせてもらえなかった。

「ええ。まだ首がすわってないから気をつけてね」

ヘルガに言われた通りに赤子を抱いた。

温かくて、柔らかくて、重いのに重くない……不思議な感じがした。

「1人でずっと抱えるのは辛いから、こうして時々抱っこしてくれる？」

「うん！　いいよ！」

避難所で新しい仕事を得たランベルトは、笑顔で即答した。


数日もすれば止むと思われた吹雪は、5日経っても勢いが衰える気配すらなかった。

「水が底をついた。井戸に汲みに行くのが難しい以上、雪でなんとかするしかない」

「小石で濾過《ろか》する方法があるが、そもそも石を拾うってのが無理だな」

「河原まで行けるんなら、川で水汲むさ」

「仕方ないから溶かした雪を煮沸《しゃふつ》して、笊《ざる》でゴミを取り除くか」

狭い空間なので、大人たちの話し合いは幼いランベルトの耳にも入ってくる。毎日外に出ては、薪や麦の入った袋を掘り返して戻ってくる男衆の顔には、疲労が色濃く出ていた。

一方で、教会で待機する女子供や老人も、限られたスペースで日がな1日過ごしているので、どんどん体が弱ってきていた。体力が落ちるスピードは年配者の方が早く、寝ているのか体調が悪く伏せっているのか、ぱっと見ただけでは判断がつかなかった。

「いらん」

北国特有の白い肌を真っ赤にした老人が、薬湯《やくとう》を押しのけた。

「爺さん。熱出てんだろ」

「いらん」

「意地張るなって」

「平気じゃ。こんなもん大したことない」

「だから――」

「儂《わし》はもう充分生きた。いつまでこの生活が続くかわからんのじゃ。薬は若いもんを優先しろ」

「……」

老人の言葉に思うところがあったのか、父親の補佐として物資を管理していた村長の息子は引き下がった。

吹雪は続いた。

初日に大怪我を負ったランベルトの父は、皆に心配をかけまいと患部が熱を持っているのを隠し続け、急に倒れたと思えばそのまま亡くなった。

遺体《いたい》は教会の外に並べ、雪が止んだら改めて葬ることになった。

「大丈夫よ。母さんがいるからね」

終わりの見えない避難生活は、住民の気力と体力を奪った。免疫《めんえき》力が低下すると、あっという間に避難所内に病が蔓延《まんえん》した。

薬を拒否した老人は、とっくに虹《にじ》の橋を渡っていた。

「……母さん。本当にこの雪は止むの？」

「春が来るまでの辛抱《しんぼう》よ」

子供に嘘を言いたくない母の精一杯の言葉だったのだろう。ランベルトを抱きしめる母は、数日前から嫌な咳をしていた。

「ごめんね。ごめんね……」

「泣くんじゃないよ。貴重な水分を無駄にしちゃいけないよ」

「マッサージしてあげるさね。あんま心配しなさんなって」

「気にしすぎるのも良くないよ。まだ離乳食の時期じゃないけど、試してみようかね」

子育てに慣れた奥さんたちが、ヘルガを慰《なぐさ》めていた。

栄養失調なのかストレスなのか、母乳が出なくなってしまったらしい。山羊の乳でもあれば代わりになったのだが、飲み水にすら困る環境でそんなものはない。村で数頭だけ飼っていた家畜はとっくに雪の中で凍《こご》え死んでいる。

ヘルガが胸をほぐしてもらっている間、ランベルトは『ぼうや』を預かった。

相変わらず小さくて柔らかいが、以前のような温かさがない。

そういえば最近この子の泣き声を聞いていない。目を開けたタイミングで指をそっと近づけたが、握ってはくれなかった。


ヘルガとアントンの可愛い『ぼうや』は、名前をつけられることなく短い生を終えた。

ヘルガの心も息子を追いかけてしまったのか、彼女は骸《むくろ》を抱きかかえたまま何にも反応しなくなってしまった。

「ヘルガ。気持ちはわかるけどね、その子を外で眠らせてあげよう。こんな暖かい部屋じゃ変わり果てちまうよ」

外は凍えるような寒さでも、教会の中は薪を絶やさないおかげで暖かい。腐敗した遺体と同じ空間で生活することは、更なる病を蔓延させる危険がある。

女衆を代表した村長の奥さんが、心を鬼にして子供を引き離そうとしたが、その時だけは目に光を宿らせ、ヘルガは激しく抵抗した。

周囲が諦めると再びうつろな目に戻り、ヘルガは夜通し子守歌を歌った。

囁《ささや》くような歌声は以前と同じで優しくて、ランベルトはこれ以上聞きたくなくて、毛布を頭から被って耳を塞いだ。


翌朝。目を覚ましたランベルトは、子守歌が聞こえてこないことに気付いた。

周囲を見渡すがヘルガの姿が見当たらない。

「朝起きたらもう……」

「子供と一緒に……」

「戻ってきたアントンに、なんて説明すればいいんだ……」

すすり泣く妻の背を村長が摩《さす》っている。他にも何人か泣いている女性たちがいた。

ランベルトは悟った。

ヘルガは子供と一緒に外に出たのだと。もうここには戻ってこないのだと。

長い長い冬が終わり、ようやく吹雪が止む頃、ランベルトの母はこの世を去った。終わりが見えたことで緊張の糸が緩んだのか、熱を出してから亡くなるまであっという間だった。


「すまない。ランベルト」

「いいえ。皆さんには充分よくしていただきました」

疲れ切った目をした村長に、ランベルトは作り笑いで答えた。

両親を亡くしたランベルトを、今日まで村人たちは捨てることなく面倒を見てくれた。財産の大半を失った者だらけの村で、血縁でもない子供を養うのはさぞ負担だっただろう。

雪が溶けて村を訪れた行商に預けてもらったことに感謝こそすれ、恨みに思うはずがない。

「ハッハッハ。これだけしっかりしていて、礼儀正しければ、奉公先でも問題なくやっていけるでしょう」

年に似合わぬ落ち着いた態度で、大人のような口をきくランベルトの頭を、行商人がグリグリと撫でた。

「この子のこと、くれぐれもよろしくお願いします」

「私は転々とする身なので、幼い子供を育てるのは無理ですが、都会の大店であればしっかり衣食住が保証されます。知り合いの店主であれば、人となりも確かですし安心して任せてください」

生き残った村人たちが見送りに来てくれた。その数は、冬を迎える前の半分以下になっていた。自宅待機となった者も、それから雪で家が潰されて生き埋めになったり、肺炎を拗《こじ》らせて亡くなったりと、全員が無事とはいかなかった。

親を両方とも喪《うしな》ったのはランベルトだけだったが、片親になった子供は多かった。

あの連日の吹雪を耐え抜き、今も問題なく住める家は全体の3分の1程度。村長の家も教会も、全員を受け入れることはできなかったので、家が無事だった者は交代制で部屋を提供し助け合っていた。

（いつまでも世話になってはいられない）

子供のランベルトにできることは限られている。

働こうとしてもたかがしれているし、いるだけで村の負担になる。

これ以上守ってくれた人たちに負担をかけたくなかった。

◆◇◆◇◆

瀟洒《しょうしゃ》な扉を開けようと手を伸ばすと、先に内側から開かれた。

「あら、気がきくわね」

それなりに裕福だが、代わりに扉を開ける侍女を雇えるほどではない。

カランカラン、と来客を知らせる鈴の音を聞きながら、エミリアは小さな店員を労った。

「この寒い日に足を運んでいただいたお客様に、冷たいドアノブを握らせることなどできません。お久しぶりですマダム。以前購入されたシリーズの新作が入荷しておりますが、お出ししましょうか？」

「あらまあ！　私なんて常連でもない一見《いちげん》さんだったのに、そんなことまで覚えてるの⁉」

確かこの店に足を運ぶのは半年ぶりだ。まさか覚えられているとは思わなかった。

エミリアが襟巻きを外すと、自然な仕草《しぐさ》で手を差し出された。

「とても品のある佇《たたず》まいでいらしたので、忘れようがございません」

体格は年齢相応よりやや細いくらいだが、溌剌《はつらつ》と接客する様は大人顔負けだった。

奉公人といえば基本田舎育ちなのだが、目の前の少年はとても綺麗な発音をしている。足さばきや、手の動きも洗練されていたので、エミリアは没落した貴族の子かと推察した。

普段なら丁稚《でっち》に持ち物を触らせたりはしないのだが、この少年なら構わないだろう、と襟巻きだけでなく外套も脱いで預けた。

「もうっ、小さいのに口が上手いわね。これは将来が楽しみなのと同時に心配だわ。本当は必要なものだけ買おうと思ってたんだけど……いいわ。あなたのおすすめを持ってきて頂戴」

つぶらな瞳で褒められると悪い気はしない。少年の覚えをめでたくするために、少し散財するのはむしろ善行だろう。神もお許しになるに違いない。

◆◇◆◇◆

「終わりました。他にできることはありますか？」

ランベルトが帳簿を渡すと、先輩従業員が目を剥いた。

「え⁉　もう⁉」

「先輩に比べれば、少ない量ですから」

「いや、それにしても早すぎるだろ。ちゃんとできて……るわ」

ランベルトが預けられた小売店は、多くの卸と取り引きをしていた。

取り引き数が多いのだから書類も多い。しかも各々が独自の書式で書いてくるものだから、処理に時間がかかる。

店は1日中営業しているが、客の来る時間帯は大体決まっている。手が空いたランベルトは、積極的に裏方の仕事を手伝った。

「お前は本当によく働くなぁ。前世コマネズミかよ」

「動いていた方が楽なんです」

そんなわけがない。

毎日くたくたで、仕事を終える頃には足が疲労でガクガクだ。しかしそんなことはおくびにも出さない。

「計算速いし、記憶力も良いし、おまけに仕事の覚えも早いときた。旦那様は良い拾いものをしたよ」

「毎日必死なだけです。ここは仕事ができる先輩が多いので、見ているだけで勉強になります」

これは本当だ。

ランベルトの計算力と記憶力はそこそこレベル。決して天才ではない。優秀なふりをしているランベルトと違って、本当にコミュニケーション力が高かったり、手際の良い人たちがこの店にはいる。ランベルトは彼らの動きを真似て、さも仕事ができるかのように取り繕っているにすぎない。

(いつまでも接客だけじゃ先がない)

客の反応がいいのは、幼い子供が健気《けなげ》に働いている姿に同情しているからだ。

期間限定で上手くいっているにすぎない。

(役に立たないと捨てられる。捨てられたら死ぬ)

良い店を紹介してもらえたと思う。でも安心はできない。

帰る家があるわけでも、簡単に首を切られないほどのコネもないランベルトは、今は経営に余裕があるので住み込みで働かせてもらっているが、景気が悪くなったらあっさり放り出されるだろう。


ランベルトがいた店の主は、人の好い狸《たぬき》のような男だった。

ある日、勤務中に突然呼び出されたランベルトは、目の前が真っ暗になった。

事務仕事を任せてもらえるようになり、店の状況は把握していた。売り上げはここ数年微増しており人員を削減する理由はない。

今のメインの仕事は接客だが、客の反応は良く売り上げも上々、店に不利益をもたらした覚えはない。

(妬まれて陥れられた?)

決して図に乗らず、謙虚な姿勢で全方面に愛想良くしてきた。だが、それが鼻についた者もいただろう。

「ランベルト。君の評判は聞いているよ」

「あの……」

「最初は商人として育てて、ゆくゆくは店を任せようと思ったんだけどね。君ほどの才能を一介の商人で終わらすのは忍びない」

「それは、どういうことでしょうか……？」

そう思うのなら、このまま店に置いて欲しい。

聞こえのいいことを言っているが、要は厄介払いされるのではと13歳の少年は震えた。

「15歳になれば、王宮の文官試験を受験できるようになる。従業員ではなく書生になって、もっと上を目指してみないか？」

行商人が太鼓判《たいこばん》を押しただけはあり、主人は立派な人物だった。

経営が順調で、人格者だったからこそ、彼は才ある若者にチャンスを与えようと考えた。

(違う。オレに才能なんかない)

ハリボテだとバレないよう、必死で足掻《あが》いているだけだ。自分レベルの人間は探せばごまんといる。

だが主人はランベルトに期待している。

面倒を見た少年が華々しく出世するのを望んでいるのだ。

この店で働くようになってからなんでも承諾してきたランベルトは、主の願いを拒否することができなかった。

主人は「図書館に通いやすいように」と、ランベルトのために部屋を借りてくれた。

それだけでなく、「家事で勉強が疎《おろそ》かになってはいけない」と、店の女将さんが通いで色々やってくれることになった。

本来ならば店の掃除をして、洗い物を片付け、賄いを作る立場なのに、雇い主の奥さんに自分の世話をさせるなんて心苦しくてたまらなかった。だが罪悪感で断ってしまい、それで勉強に集中できずに試験に落ちたら本末転倒だ。

主人もその細君も、ランベルトが試験に合格することを期待してあれこれしてくれているのだから。


ランベルトには素養《そよう》がない。

一度目は内容がわからなくても最後まで通しで読み、推測も交えながら全体の流れを掴む。二度目はわからなかった部分を調べながら読む。三度目は必要な知識を得た上で、その本を理解するために読む。

幼い頃から勉強してきた人間なら1回で済むのだろうが、ランベルトは1冊読むのに3回繰り返さなければいけなかった。

数学だって、文官に求められているのは日常的な四則演算《しそくえんざん》ではなく、統計などの学術的な内容だったので、ランベルトの暗算能力は検算《けんざん》くらいしか役に立たなかった。

覚えの悪い自分が情けなくて、理解できないことが悔しくて。毎日泣きながら図書館で勉強した。

頭のおかしな奴だと思われたくなくて、いつも人気のない一角で、開館時間いっぱいまで居座っていた。

◆◇◆◇◆

文官の筆記試験は2日間にわたって行われる。

各分野で基準点があり、そこをクリアしつつ全体で7割以上の点数を取得。更に受験者の平均点から算出した、相対基準以上の点数であることが合格の条件だ。

定員がないのは幸いだが、後者のおかげで上位何位に入ればいいとか、何点取れば安全圏といったわかりやすい指標もない。

捨てられる科目がないのだから苦手分野を作らず、とにかく高い点数を取らなければいけなかった。

筆記試験に合格したら、次は面接や各地での実地研修だ。

最後まで残ることができた者だけが、王宮の官吏たる資格を得る。

(次はない)

１日目が終了し、ランベルトはまんじりともせず朝を迎えた。

頭では眠らなければと思うのに、一晩中動悸《どうき》が五月蠅《うるさ》くて、微睡《まどろ》むことすらできなかった。

主人には過ぎるくらい良くしてもらった。ランベルトの身の上を思えば、ありえない厚遇《こうぐう》だ。

今年は駄目だったけれど来年は、などと甘えることはできない。

(もし落ちたら死んで詫びるしかない――)

自暴自棄《じぼうじき》ではなく、それが当然であるかのように胸にストンと落ちた。

あれだけ死にたくないと思っていたのに、ランベルトは静かに覚悟を決めた。


ランベルトは死ななかった。

信じがたいことに奇跡が起きて、彼は難関の試験に合格した。

晴れて文官となった者には、配属決めが待っている。合格者の大半は貴族なので、縁がある場所や、将来のことを考えた部署に配置されるが、平民出身者は別だ。

同じ平民の文官が次々に行き先が決まる中、ランベルトには中々通達が来なかった。

職員寮で肩身の狭い日々を過ごしていると、あろうことか王太子に呼び出された。

「独学でこの点数か。驚いたな」

「基準点ギリギリの科目もありました」

解答欄を間違えていたり、気が変わって解答を書き換えていたら、今ここにランベルトは立っていない。

今も時々、本当は長い夢を見ているだけで、現実は不合格だったのではと思うことがある。

彼はあくまで自分は運良く引っかかっただけだと考えていた。

「謙遜もすぎると嫌みだぞ。そもそも我が国で一発合格できるのは、合格者全体の半分だ。今年の合格率は6割。誇っていい」

「お褒めにあずかり光栄です」

「誇っていいんだが、これは悩ましいな……。君を活かせる場所がない」

「なんでもやります。違法行為をさせられたり、罪をなすりつけられたりして蜥蜴《とかげ》の尻尾《しっぽ》切りになるのはごめんですが」

後ろ盾のないランベルトは、使い捨ての駒にはもってこいだ。

一度は死を覚悟した身だが、他人に都合良く消費されたくはない。実地研修にて、今までのように頼まれたことをなんでも了承していては、この先やっていけないと学んだ。

何も持たない少年から、文官という有資格者に変わったこともあり、ランベルトはノーと言える男になりつつあった。

「なら私の下で働くか？」

「はい？」

「経歴を確認したが、人生経験が豊富で機転がききそうだ。実家の力で来た側近たちにはできない仕事を任せたい」

こうしてランベルトは、身寄りのない平民でありながら王太子の側近となった——

◆◇◆◇◆

先代ブリーデン公爵は、この量ではやっていけないと支援の件でたびたび陳情《ちんじょう》を出していた。

国から北部に送る支援は、南部から自主的に提供された農作物の量を、更に国からの補助で増やした上に、医薬品などを追加したものだ。

国はただ闇雲《やみくも》に送るのではなく、ちゃんと計算して量を決めている。公爵の南部叩きが並行して行われたこともあり「単なる甘えだ。要求に応じていたら際限がない」と、最初はフリッツも呆れていたが、徐々におかしいと思うようになった。

横領の可能性に気付いたものの、閉鎖的な土地で調査を行うのは難しい。彼らは余所者に敏感で、どんな肩書きを見せつけようと、どんなに正しいことだと説明しても、警戒して協力を拒否する。

王太子が北部出身のランベルトを伴って当代の結婚式に出席したのは、少しでも情報を得られないかと考えたからだ。土地勘のあるランベルトなら、噂話から手がかりのひとつでも掴めるのではないかと期待したが、残念ながら空振りに終わった。


ランベルトは、甘ったれた人間が嫌いだ。

恵まれていることを自覚せず、自分は不幸だと嘆く人間が嫌いだ。

安全圏で足の引っ張り合いをする人間が嫌いだ。

ブリーデンの砦という、北部の中では恵まれた環境で暮らしておきながら、態度の悪い使用人たちも、そんなに嫌なら手を尽くして回避すればよかったのに、甘んじて王命を受けたくせに、不機嫌そうにしているクリフにも腹が立った。

その頃はリリエッタのことも、守られるのが当然だと考える典型的な貴族令嬢としか思っていなかったので、自分から手を差し伸べようとは思わなかった。

困ったことがあればランベルトを頼るよう、王太子はリリエッタに言った。

その言葉をランベルトは、「頼まれたことだけを行えばいい」と解釈して、お役所仕事に徹した。だからあの断罪の日もランベルトはリリエッタの好きにさせたし、言われたことだけを行った。

立場というものがあるので戸惑うフリをしたが、本心ではいい気味だと思っていた。ブリーデンに舞い戻り、リリエッタの手伝いをカムフラージュに横領について調べるかたわら、面白いものを見せてくれたお礼として頼まれた分以上に働いた。

城の書記官たちも鍛えておいたし、あれだけシステム化しておけば、この先新人が入っても問題なく回せるだろう。

◆◇◆◇◆

まだ日は高いが、酒場にはそれなりに客がいた。

席数からこの辺りの店の中では大きく、繁盛《はんじょう》していることがうかがえる。

王都や大都市であれば喫茶店というものがあるのだが、地方では飲食店といえば酒場か食堂の二択《にたく》だ。ただ食堂は「後ろで待っている客のために、食べたらすぐに席を立つ」という暗黙の了解があるので、打ち合わせには向かない。

「君たちはトーマン・オードバートの店を見張ってください。今は客への販売をしていませんが、倉庫として利用しているはずです」

オードバートの城下町にやってきたランベルトは、部下たちに指示を出した。

卓を囲むのは、リリエッタと取り引きしたあとに王都から呼び寄せた者たちだ。本当は北部出身者が欲しかったが、そこまで贅沢は言えない。

「なあ。お前もしかしてランベルトか……？」

頭上から降ってきた声に顔を上げると、両手にジョッキを持った店主がこちらを見下ろしていた。

「……もしかして、炭焼き小屋の」

「そうそう！　オレだよオレ。ネフェン！　うわっ、マジかよ。何年ぶりだ？」

「18年です」

「そんなに経ってんのに気付いたオレって凄くね？　え？　なに？　里帰りか——って、もうあの村はないから仕事か？」

ジョッキをテーブルに置いたネフェンは、そのまま自分もドカリと席に座った。その接客態度はどうかと思ったが、そういえば田舎はどこもこんなものだった。

ランベルトが王都の接客に慣れてしまっただけで、その証拠にカウンターにいる彼の妻らしき女性は、こちらをチラリと見ただけでネフェンを止める気配はない。

「そんなところです。まさかこんなところで会うとは思いませんでした」

宿の一室で男が集まって密談するよりも目立たずに済むので、ランベルトは今後のミーティングも酒場で行うつもりだった。

広い方が個々の声を拾いにくいので、この店は理想的だ。店の人間とトラブルになるのは避けたいので、会話に割り込んできたことを咎めず、質問もやんわり受け流した。

「村を復興させるよりも引っ越した方が楽だ、ってことになってな。大半がオードバートかリージーに移住したんだよ。どっちも働き口が多いからな。あっ、ここオレの店なんだぜ！　凄いだろ！」

へへっと自慢げに鼻を擦《こす》る姿は、子供の頃の面影《おもかげ》がある。

自宅待機組だった彼の家に、行商人に預けられる前のランベルトは世話になったことがあった。彼の家は無事だったが、ランベルトの父をはじめとした炭を使う業種の人間がこぞって移住したことで、ネフェンとその家族も村を捨てるしかなかったのだろう。

作った炭を抱えて売りに行くには、あの村は人里から離れすぎていた。

（もし彼の協力を取りつけることができたら……）

今調べようとしている土地の名前が出てきたことで、ランベルトは閃《ひらめ》いた。

酒場は情報収集にもってこいの場だ。ランベルトがネフェンを巻き込む手段を考えていると、

「エルギ様」

と部下が困った声を出したので手で制した。

「エルギって姓？　しかも様付けだし、お前いいところの養子になったのか！　そういや良いもん着てるし、垢抜《あかぬ》けたよなぁ」

「相変わらずの天涯《てんがい》孤独《こどく》です。仕事で姓が必要になり、自分でつけた名ですよ」

「……もしかして。村の名前から取ったのか？」

「ええ」

姓を作るにあたり、縁深い場所の地名からつけるのはよくあることだと聞いたので、特に深い理由はなく故郷をもじった名前にした。

「……っ、ありがとうなぁ」

だから何故ネフェンが泣き出したのか理解できなかった。

「オレたちの故郷、全部なくなっちまったと思ってた……。でもお前が持っててくれたんだな。……忘れないでいてくれたんだな。ありがとう……！」

ネフェンは大きな体を丸めると、グズグズと鼻を啜った。

（……別の方法を考えよう）

大義があるとはいえ、一般人を利用しようとした自分をランベルトは恥じた。

「――なあ、久しぶりにこっち来たんだ。村の連中集めて飲もうぜ」

涙を拭ったネフェンは、近くに住んでいる昔馴染みの名前を挙げていった。

「お気持ちは嬉しいのですが、仕事があるので」

「その仕事を手伝ってやるって言ってんだよ」

「――え？」

「ここはデカい町だけどな。それでも見慣れない顔の、役人みたいな連中が顔つき合わせてたら目立つんだよ。お前は子供の頃からちょっと生意気で、小憎《こにく》らしいところがあったけど悪事を働くような人間じゃない。そんなお前がやろうとしてることなら、正しいことだ。故郷の名前を背負ってんなら尚更な」

「あ、ありがとうございます」

何をしようとしているのかも知らないのに、迷わずランベルトを信じるネフェンに、逆にランベルトは彼を信用していいのか迷った。

「任しとけ。あの小さなランベルトが立派になって帰ってきたと知ったら、どんなに忙しくても皆集まってくれるさ。助けを求めりゃ、こぞって協力してくれるはずだ。その代わり酒代はお前に請求するからな！」

「独身で散財もしていないので、どんとこいです」

あとで経費として精算するが、十数人分の飲食代を立て替えるくらいは余裕だ。

「よっしゃ！　名物になると思って仕入れたけど、全然注文が入らない高い酒全部捌けるぜ！」

「お手柔らかにお願いします」

蒸留酒《じょうりゅうしゅ》の中には恐ろしい値段で取り引きされているものがある。ランベルトの顔が引きつった。

9章　春を待ちわびて

宣言通りネフェンは、翌日にはオードバートに住む元エルゴ村の住民を集結させた。

20年近く疎遠《そえん》だったというのに、彼らは親を亡くした少年が立派に成長したことを我がことのように喜んだ。

隣に誰が住んでいるのかも知らない王都での生活は気楽だったが、血縁でもないのに家族のように気にかけてくれる村民の温かさに、ランベルトの目に涙が滲んだ。

元エルゴ村の住民の協力で、ランベルトはオードバートのみならずリージーも同時進行で調べることができた。

中でも運送業者を営んでいた、元村長の息子の貢献は大きかった。リージー組との連絡係を担ってくれただけでなく、知り合いの同業者が今回の件に利用されていたので彼を介して話を聞けた。

横領の絡繰《からく》りは巧妙だった。リージーに物資が送られると、領主の弟として補佐官を務めていたヤコブ——リンダの父であり、オードバート侯爵の義弟でもある——が、受領時に数字を誤魔化し、抜き荷を「国内で仕入れた商品」と嘯《うそぶ》いて、何も知らない業者にオードバートまで運ばせていた。

リージー伯爵は抜き取られたあとの物資と目録しか見ていないので、疑問にも思わなかったのだ。

これならもし国の記録とリージーの記録に齟齬《そご》があったとしても、

「北部に入ってきた時には既に横領されていた。北部に入る前の段階で横領が行われているのではないか？」

と主張できる。身に覚えのないリージー伯爵は、ブリーデン夫妻にしたように毅然《きぜん》とした態度で抗議しただろう。

オードバートまで運んだ荷は、これまた何も知らない別の業者にバトンタッチ。

今度は「地元民が内職で作った布と薬を買いつけたもの」として、隣国にあるトーマンの店に運ばれた。

国境を越えた布と薬は、現地で行商人が安価で購入。布は国内でも需要があるので大半は隣国で消費されたが、薬は冬に備えて買い込む習慣があるグレチェニカの北部に持ち込まれた。

他の都市ではなくブリーデンで薬が出回っていたのは、オードバートの城下町ほど勢いはないが、それでも北部一の人口を持つ地域だからだ。

薬は家庭ごとに購入するので、家の数が即ち客の数になる。

オードバート侯爵より一足早くお縄《なわ》になったヤコブは、取り調べで「家族だからと便利に使われるのが嫌だった」と動機を述べた。

信じていたから補佐官として重要な仕事も任せたのに、本人には全く伝わっていなかった。

ヤコブが実の兄より義理の兄に忠誠を誓っていたことに、ショックを受けたリージー伯爵は、体調を崩してしまったという。

◆◇◆◇◆

リリエッタたちが世話になっていたトーマン・オードバートの屋敷では、現在、家宅捜索《かたくそうさく》が行われている。

とても滞在できる状態ではないので、昨夜ブリーデン夫婦は近くにある宿に移動した。

捕り物から一夜明けた今、公爵夫妻と王太子は一室に集まって情報を共有していた。

前半の横領の仕組みはフリッツの口から語られた内容であり、後半の隣国に持ち込まれてからの流れは、リリエッタたちがマローリーで調べた結果だ。

ブリーデン夫婦は観光に行くと見せかけて、トーマンの店と取り引きしている商人に聞き取り調査を行っていた。オードバート侯爵が姪を連れてきた時点で、彼女を使って何か企んでいることは想像がついた。接触時間が増えるほど、相手に仕掛ける機会を与えてしまうので、長逗留の理由にした「観光」を盾にして屋敷での滞在時間を極力短くした。

探りを入れられたとしても答えられるよう、合間にちゃんと観光も行ったので、リリエッタとしては実に有意義な日々だった。

浪費家《ろうひか》の噂を立てられないよう、買い物を控えなければいけないのが残念だったが、もうそのようなことをする人物はいない。領主不在の砦を守っている使用人たちを労うため、リリエッタは帰国前に土産《みやげ》を買いに行こうと決めた。

頭の片隅で帰国までのスケジュールを組みつつ、リリエッタは相づちを打った。

「健全な業者を複数使って、足取りを掴みにくくしたのですね」

「ああ。それに犯罪に加担した自覚がないから、裏切りの心配もない」

「全てを知るのはヤコブ・リージー、オードバート兄弟の３人だけですものね」

共犯者が少なければ、秘密が漏れるリスクも減る。

リリエッタの言葉に、フリッツが頷いた。

「リリエッタ。リージー伯爵を見舞いたいんだが、この場合は物を贈るのと訪問するのとどちらが良いだろうか？」

話の途中からそわそわしていると思ったら、恩義ある相手の状態に心を痛めていたらしい。精神的なショックが体に影響を及ぼしているという。先代ブリーデン当主と重なる部分があるので、気が気ではないのだろう。

「今回は気持ちの問題なので、クリフ様が心をこめて書いた手紙が一番だと思いますわ。伯爵をどれだけ尊敬しているか、素直な気持ちをお書きになってください」

「わかった」

「頼むよ。伯爵は長い間、身内の不正に気付かなかったが、彼にはこの先もリージーを治めてもらいたいと思っている。……話を戻すが、オードバートは侯爵の息子が跡を継ぐことになった。彼は父親と折り合いが悪く、横領には関与していない。裏切られるおそれがあったから、侯爵も仲間に引き入れなかったんだろうな」

「そこまで不仲でしたの？」

以前オードバートに滞在した時、長男は出城で城代を務めているということで顔を合わせることはなかった。父の跡を継ぐため、小規模な城で経験を積んでいるものと思っていたが、険悪だというのなら遠ざけていたのかもしれない。

「侯爵は、決断力があり、領地の繁栄に腐心《ふしん》する人物だったが、良い父親ではなかったようだな。自分が絶対に正しいというスタンスで、思い通りにならなければ家族を罵倒《ばとう》していたらしい。奥方は心労がたたって早逝《そうせい》されたようだ」

「……それは父親憎しで内部告発しかねませんね」

「昨日、私は侯爵と話したんだが、どうも話が通じなかった。情報を都合よく切り取って自分の望むストーリーを作っているという感じだ。当然現実とは齟齬が生じるが、それに関しては被害者意識で憤慨していたな」

すぐ宿に移動したリリエッタたちとは違い、フリッツは屋敷に残った。正式な取り調べとは別に、個人として、何故こんなことをしたのかと侯爵に話を聞いたらしい。

フリッツから侯爵の主張を聞いたクリフは、不快感をあらわにした。

「なんですかそれは。確かに以前に比べると安全に討伐できるようになりましたが、今も命の危険がある現場です。1人あたりの負担が減ったのは人数を増やしたからで、その分、北部──特にブリーデンは、一番体力がある世代の働き手を徴集《ちょうしゅう》されている状態なのに」

「その通りだ」

クリフの主張に、フリッツが同意を示した。

充分な休息をとりつつ、24時間体制で警備するために、どれほどの人数が北壁で働いているのか、オードバート侯爵は知らないに違いない。

第一部隊は機動力重視の少数精鋭だが、他の部隊は倍以上の人数で構成し、後方支援の人員も本部に配置するので、魔獣戦線で働いている若者の数は多い。

「簡単に倒せるようになったんだから、もう魔獣戦線を厚遇する必要はない。討伐に苦労していた頃は支援が必要だっただろうが、今は過去の名残でやっているだけの時代錯誤な行為なので、チョロまかしたところで誰も困らない」と、侯爵は主張したらしい。

しかし、北壁で働いているのは「魔獣をぶっ殺せるなら金なんていりません」な狂戦士たちではない。充分な予算で魔導具などの設備を維持し、危険に応じた給料を払い、現場の人間の安全に配慮した運営を行うことで、なんとか人を集めている状態だ。

そうでなければ若くて好奇心旺盛《おうせい》な年頃に、人里離れた娯楽の少ない男所帯《おとこじょたい》で、身の回りのことを自分たちでしつつ命の危険がある仕事なんて、誰もやりたくないに決まっている。

戦うことが好きな者は当然いるが、それは趣味で釣りをする人と漁師を混同するようなものである。好きな時に狩るのと、シフトを組んで勤務時間に現場に立つのとでは大違いだ。

南部からの支援は寄付だが、国が出している分は、国防のために働き手がマイナスになっているこことへの補填だ。元々生産力の低い地域なので、現物支給をしていると言ってもいい。

本来は戦線を維持するブリーデンのみが対象になるのだが、現場にはブリーデン以外で生まれ育った兵士もいるので北部の各地に分配していた。

北壁は国防施設だから国の防衛費が使われるが、細々とした部分はブリーデンが負担しているので、北の諸侯はブリーデンを北の長として自主的に敬っているのだ。

「王太子殿下。オードバート侯爵は幽閉《ゆうへい》でしょうか？」

王宮には貴人を収容する塔があったはずだ。

リリエッタの言葉に、フリッツは首を振った。

「今回は我が国の物資を他国に横流ししていたに等しいので、おそらく死罪だ」

「陛下の決定に異を唱えるわけではございませんが、贖罪《しょくざい》させずに終わらせてやるみたいで腹が立ちますね」

「公爵夫人ならどうする？」

「わたくしだったら『生を望む者には死を。死を望む者には生き地獄を』です。後続を断つために、どちらにせよしっかり見せしめにして欲しいですわね」

年若い娘が言うことではない。

「……前からそんな予感はしていたが、夫人は見た目によらず苛烈だな」

「ええ、だってわたくし『南部の女狐めがぁぁああ!!』らしいので」

「――今のはなんだ？　オードバート侯爵の声そっくりだったんだが」

「ご本人の声ですもの」

そう言ってリリエッタが胸元で輝くペンダントトップに触れると、再び「南部の女狐めがぁぁああ!!」という怒鳴り声が響いた。

「マコンで作った首飾り型魔導具です。言った、言わないの水かけ論になるのを防ぐために、いつも身につけておりますの」

「面白い魔導具だ。どの工房に依頼したのか教えてくれ」

とフリッツは目を輝かせたが、

「あの状況で録音していたのか。可哀想《かわいそう》だから消してやれ」

と、クリフは複雑そうな顔をした。オードバート侯爵に対する怒りはあるが、渾身《こんしん》の罵倒が響いていないどころか、玩具《おもちゃ》にされているなんて流石に憐《あわ》れだ。

「興味深い魔導具の話はまた今度にするとして。ちょうどいいのでブリーデン公爵への沙汰を今、ここで言い渡しておこう」

従者から勅命《ちょくめい》が書かれた封書を受け取ると、フリッツはよく通る声で読み上げた。

――リリエッタ・ブリーデンが妻である期間のみ、クリフ・ブリーデンの当主続投を認める。離縁、死別などで別離した場合はその資格を失う。

普通に生活する分には、お咎めなしと変わりない。厳しいようでいて、かなり温情をかけられている。

――リリエッタ・ブリーデンに離婚権を認める。いついかなる時も本人の意思で離婚可能である。

「あら。思ったよりわたくしに寄り添った内容ですわね」

本来であれば離縁には複雑な手続きが必要なのだが、リリエッタの一存《いちぞん》で済むらしい。

「……陛下よりの通達は以上でしょうか？」

「そうだ」

「ならリリエッタ。もし離婚することがあれば、俺の個人資産の半分を君に渡そう。新しい人生を歩む際に、多少の助けにはなるだろう」

ここ数カ月間で鍛えられたクリフは、自分で契約書を作成できるくらいには成長していた。

その場で法的に有効な書面を作成しようとする夫に、

「子供の養育権についても取り決めましょう」

と、リリエッタは言った。

「こ――!?」

子供の単語に動揺したクリフが、ペンを取り落とした。

「晴れてクリフ様の当主続投が決定したので、これより正式な夫婦として過ごします。当然跡取りのことも決めておかなければいけません」

「そ、そうだなっ」

初々《ういうい》しい――のはクリフだけだが、夫婦のやり取りを目の当たりにし、フリッツは小さく噴き出した。

「失礼、気を悪くしないでくれ。あの結婚式で君たちの仲を案じたが、無用な心配だったようだ。邪魔者は退散するとしよう。２人で心ゆくまで話し合ってくれたまえ」

揶揄うように告げると、フリッツは従者を連れて部屋を出ていった。


２人きりになった部屋で、リリエッタは暫くパチパチと薪が爆《は》ぜる音に耳を澄ませた。

「……クリフ様。この宿は素敵ですが、部屋が寒いのが難点ですね」

富裕層向けの宿なので、客間と寝室が区切られているのだが、暖炉は客間にしかない。

「そうだろうか」

寒さに耐性のあるクリフは、リリエッタの訴えがピンとこなかった。

「ええ。ブリーデンの城と違って、昨日は寒くて眠れませんでした」

「寒冷地仕様の建物ではないからな。追加の毛布を頼むか？」

「それには及びませんわ。２人で寝れば暖かいでしょうから」

「⁉」

首まで真っ赤にした夫に、リリエッタは声を出して笑った。

後日談　ポンコツ夫のわりと洒落にならない失態

それは当然といえば当然のことで、来るべき時が来たというだけの話だった。

「クリフ様。指輪の交換をやり直しましょう」

朝食の席で、リリエッタはあの日の仕切り直しを提案した。

クリフを夫と認めたあとも、その呼び名は変わっていない。

当のクリフは、そもそも呼び名が変わることにすら無頓着なので、気にする素振りはなかった。

「指輪の交換……？」

「結婚式で、交換する前にクリフ様は出ていってしまったではありませんか。あの時はどうなるか不透明だったので、わたくし指輪を部屋で保管しておりましたの」

「そ、そうか」

微笑むリリエッタとは対照的に、クリフの顔は徐々に強ばっていった。

（アレ。どこにやった……？）

自他共に認めるポンコツ男クリフ。彼は結婚指輪の存在を、今日の今日まで忘れていた——

◆◇◆◇◆

嫌な汗をかきながら、クリフは衣装部屋へと向かった。

(指輪を手にしたところまでは覚えている)

右手の親指と人差し指でつまんだ覚えがある。

その直後に伝令が駆け込んできて、教会を飛び出した。

(リングピローに戻した覚えはない。まさかあんなものを捨てるわけがないから、無意識にポケットに入れたに違いない)

既にそこから記憶がない。

ハンガーに掛けられた礼服のポケットを確認するが、案の定、指輪は入っていない。

まあそれは最初から覚悟していたことだ。使用人の手によって洗濯され、綺麗にプレスされているのだから、もし指輪がポケットに入っていたら報告されたはずだ。

(だが俺は報告された覚えがない——!)

黙って片付けるなんてありえないので、つまり、指輪なんてなかったということだ。絶望しかない。

(考えろ。あの日、俺はどうしたんだっけ……?)

結婚式を行った教会と、転移門、城は、それぞれ距離が開いている。

あの時、クリフは戻って着替えるのももどかしく、そのままの格好で北壁に飛んだ。

着る時は人の手を借りる必要があるが、脱ぎ捨てるだけなら1人でも問題ない。現地で着替えたクリフは、くしゃくしゃになった礼服をマントに包んで持ち帰った。侍女長に嫌な顔をされたのは覚えている。

（……もしかして、あそこに落とした……？）

着替える時には、すっかり指輪のことなど頭になかった。パパッと脱いだので、ポケットから飛び出した可能性は充分ある。

騒々しい場所なので、床に落ちても音に気付かなかっただろう。

まずい。もう何カ月も前の話だ。

夫婦として再スタートを切る日が、離婚記念日になるかもしれない。

始まりと同時に終わりそうな結婚生活に、クリフは震え上がった。


「リリエッタ！　魔獣が欲しくないか!?」

「え？」

突然部屋に駆け込んできた夫に、リリエッタは目をぱちくりさせた。

テーブルの上には豪奢な花瓶《かびん》が並び、切り花が並べられている。彼女は城に飾る花を生けていたらしい。

「君の実家に送った魔獣だが、どうだ。商売になりそうか？」

「ああ、そのことでしたか。試しに狼型の、ええと……」「デミマルコシアスだ」

のんびりと答えるリリエッタに、クリフは食い気味で反応した。

「そうそう。デミマルコシアスでしたわね。実家の応接間に飾ったところ、評判は上々のようです。人は希少価値の高いものに弱いので、国の反対側でしか手に入らない魔獣ということで、かなりの値がつくでしょう」

「そうか！　イヌ型は通年で出没するが、見栄えが良いものとなると限られている。今すぐ狩りに行ってこよう！」

「今すぐですか？　今夜は――」

「そうだ！　舅殿たちには俺たちのことで心配をかけたようだからな。商売は最初が肝心《かんじん》だろう。在庫を確保しておかないとっ！」

学んだばかりの知識を駆使して、クリフは言いつのった。

指輪の交換は今夜だ。なんとしても今すぐ北壁に行かねばならない。

「……ちゃんと夜までに戻ってこられますか？　何度も放置されるのは嫌ですよ」

「絶対に戻る‼」

こうして妻の許可を得たクリフは、入った時と同じくらい勢いよく部屋を飛び出した。

◆◇◆◇◆

「指輪の落とし物はないだろうか⁉」

目的地にたどり着いたクリフは、真っ直ぐ本部に行き遺失物を確認した。

「ありませんね」

「本当か？　よく確認してくれ！」

「閣下。職員に詰め寄るのは止めてください」

偶々通りがかったクリフの副官が2人の間に割って入った。

トレント・ヴェーナーは第一部隊の隊長ではなく、指揮官としてのクリフの右腕だ。

薄茶色の髪は猫っ毛で、それほど長いわけではないが歩くと風に靡《なび》く。ペリドットのような淡い緑の瞳を持つ優男で、やっていることはクリフの補佐だが、一応の所属は補給隊で本部勤めをしている。

彼はヴェーナー伯爵家の次男だ。父親がブリーデンにある出城の城代を任されていることもあり、クリフとは子供の頃からの付き合いだ。俗に言う幼馴染みというやつである。

「指輪ってどういうことですか？」

「その……結婚指輪を落としたかもしれなくて」

曖昧な言い方をしたが、ほぼ確定だ。

「指にはめているものを落とすことなんてあるんですか？　顔を洗う時に、わざわざ外すような性格でしたっけ？」

「……ポケットに入れていたんだ」

「ケースに入れていたなら、流石に落とした時に気付くでしょう」

「いや。裸で持ち歩いていたから……」

「え？　ケースに入れずに、剥き出しでポケットの中に？　こんな場所で？」

「ああ……」

「……諦めた方がいいのでは？」

呆れ顔になるトレントに、

「結婚指輪なんだ！」

とクリフは叫んだ。

「そんな大切なものを粗雑《ぞざつ》に扱うからです。自業自得ですよ」

「そんな――！　もしかしたら、届けられていないだけで、まだ部屋に落ちているかもしれない」

「はあ。あの男部屋を片付けるよりも、同じものを買った方が手っ取り早いと思いますがね。どこで作ったんですか？」

公爵家が利用するほどの店であれば、どんな品だったかしっかり記録が残っているだろう。有名な彫金師《ちょうきんし》が手がけたものなら、同じものを依頼できる。

結婚指輪なら、宝石がついていたところで小さいものなので誤魔化しがきくはずだ。

「王室御用達の店で」

「よくそんなツテがありましたね」

「王妃様が手配を――」「探せぇぇぇっ！！！！！」

王族が関与している指輪をなくしたとか、馬鹿じゃないのか!?

「なんってそんなものを、ポケットに突っ込むかなぁ！」

「指輪交換の途中で飛び出してきたから」

「リングピローに戻しとけバァアカッ！」

トレントに怒鳴られたクリフは巨体を縮こまらせた。完全に家の鍵《かぎ》をなくして、母親に叱られている子供の図だ。

このようにクリフとトレントは、身分を超えた友情を育《はぐく》んでいる。平素はわきまえているが、ちょっとしたことで歯に衣着《きぬき》せず罵倒するくらい仲がいい。

かくして北壁の大掃除が始まった。

◆◇◆◇◆

「野郎ども！　これから大掃除を兼ねた宝探しの始まりだ!!」

拡声の魔導具を使うトレントを見上げた男たちのやる気のないことよ。

面倒くせぇな、とありありと顔に書いてある。

「どっかの馬鹿が大切な指輪を落としやがった！　もし見つけた奴には賞金として銀貨50枚、副賞で10日間の休暇と、『花の楽園』の紹介状をくれてやらぁ!!」

もちろん全部クリフの自腹《じばら》だ。

『花の楽園』というのは、ブリーデン一の公営娼館だ。公営の娼婦は個人の権利がしっかり保証されており、店は娼婦を守るために客を選ぶ。

金を持っているだけ、社会的地位があるだけでは利用できない。

大切な商品を任せても大丈夫であると店側が認めた人物のみ、私営とは比べものにならないほどの安全かつ華やかな地上の天国を堪能できる。

店でも上位の娼婦は、他と違い簡単に指名することができない。

だが紹介状があれば話は別だ。

単に『花の楽園』を利用できるだけでなく、誰でも指名できる夢のようなチケット。ブリーデン公爵家の当主だからこそ発行できるものであり、逆を言えばそのくらいでなければおいそれと用意できない。

副賞でありながら何よりも価値のある賞品に男たちは沸《わ》いた。

熱気が声となり、空気をビリビリと震わせた。

「お前ら！　日が暮れるまでに徹底的に綺麗にしろ！」

ウォオオオッ！　と雄叫《おたけ》びが響く。

開始の合図と同時に解き放たれた狩人たちは、掃除用具片手に割り振られた清掃ポイントに駆け出した。


「あぁぁぁぁああ……」

北壁の見取り図を前にしたクリフは、本部にある自室で項垂れた。

清掃が完了した場所に次々とバツがついていくが、捜し物発見の報告はまだない。大掃除が進むにつれ、クリフの顔色は悪くなっていった。

大本命である第一部隊の待機部屋は、早々に空振りに終わった。

転移門からの移動ルートも全て潰れた。一縷《いちる》の望みをかけて草刈りまでしたのに、なんの成果も得られなかった。いや、綺麗な芝生《しばふ》という素晴らしい成果は得られたか。

一応危険地帯なので、掃除夫や庭師は雇っていない。当番制で掃除をしているが、ごく簡単なものなので、不潔ではない程度なのがこの場所だ。

床掃除は毎日1回さささっと箒《ほうき》で掃《は》いて終了なのだが、今日は小さな指輪が隙間にはまっているかもしれないと、しっかり雑巾《ぞうきん》で水拭《みずぶ》きを行った。だが結果はご覧の通り。

北壁の清潔感が底上げされたが、クリフの絶望は増した。

「もうダメなのか」

西日が窓から差し込んでくる。

タイムリミットが迫り、クリフはリリエッタにどう説明するか頭を悩ませた。

「まず謝罪だ。言い訳せず、己の過失を認めよう。全部俺が悪い」

「閣下、なんでも馬鹿正直に言えばいいというわけじゃありません。結婚指輪ですよ。恋愛結婚じゃないとはいえ、ぞんざいに扱ってなくしたと報告された方の気持ちは？　その謝罪で救われるのはご自身のみですよね。奥方の気持ちを考えましたか？」

「うっ。しかし誠実な対応をすべきだろう」

「嘘偽《いつわ》りで自分の非を誤魔化すのはもちろん駄目です。でも言わなくていいことを言って、相手を傷つけるのは閣下にとっての誠実ですか?」

クリフの気持ちはわかる。

信頼関係を守るという点では、隠し事をしないのは大切だ。だがトレントは、クリフの信念を貫《つらぬ》かせるわけにはいかなかった。

(上手くやれってんだよ!)

「考えましょう。どうしたら奥方を傷つけることなく、丸く収めることができるのか――……」

◆◇◆◇◆

クリフが帰宅したのは、完全に日が落ちた頃だった。

「おかえりなさいませ。お食事の準備ができておりますが、先に湯を使われますか?」

「ああ。頼む」

クリフは出迎えた家令に、端的に答えた。

夏に比べると控えめだが、獣の死臭《ししゅう》を纏っているので先に身を清めるべきだろう。

食欲はないが、用意されたものを蔑ろにするわけにもいかない。

忙《せわ》しなく家を出たと思えば、夕日が沈む頃に悲痛な面持ちで帰宅したクリフ。

彼自ら荷車に乗せて持ってきた魔獣は、どれも立派なものだった。

クリフでない人間が討伐したものは刀傷《かたなきず》があるが、剥製に加工する際に修復可能な範囲だ。

暗い表情のクリフを、リリエッタは、

「体調が優れないのですか？」

と気遣った。

「違う。ただ、その……」

「何か気がかりなことがあるのですね」

「気がかりというか、これからしようと思っていることを考えると気が重いんだ」

トレントの発案はいい考えだった。

きっとこれならリリエッタを傷つけずに済む。

良心が痛むが、これはクリフが背負うべき罪なのだ。全て打ち明けて楽になることなく、墓まで持っていく秘密。

「その……リリエッタ。指輪の件だが、」

「ええ。持ってまいりますね」

リリエッタに指示された侍女が、食堂を出ていった。

「……リリエッタ。あの指輪は、とても貴重なものだと思う」

「そうですね。王妃様の心遣いですもの」

王家に命じられた政略結婚が少しでも良きものになるように、と王室御用達の宝飾店を介して、王都で一番人気の彫金師・クライノートに依頼した品だ。

彼は芸術家気質《かたぎ》の、自分が作りたいと思ったものしか作らないデザイナーで、オーダーは受け付けていない。商品というよりは、芸術作品という認識に近い。

小さなアクセサリーにこめられた高い技術とコンセプト。一種独特なデザインは一目でクライノート作だとわかるが、どのような場所であってもつけて行ける上品さがある。

購入権を手に入れるには、店に通ってご贔屓《ひいき》になることで、ようやく入荷時の案内をしてもらえる。

完全に需要と供給のバランスがおかしくなっている。

その価値を知らない人間からすれば、理解できないルールで販売されているが、それでも店を批難する者はいない。そんなことをしたら、永遠にチャンスを失うからだ。

運良く手に入れたご婦人が、アクセサリーに合わせてクローゼットを一新したというのは有名な話だ。

そんなクライノートを、王妃は駆け出しの頃から支援していた。

ところが、王妃はアクセサリーの製作を依頼することはなかった。あれこれ頼めば、「縛られるくらいなら支援なんていらない」と、全部突っぱねられるのが目に見えていたからだ。

若手の頃から知っているので、どんな性格かも熟知している。

だがクリフとリリエッタの結婚が決まった時、王妃はそれまで使わなかったカードを切ることにした。

そうして「今回限り」の約束で、特別に作られたのがブリーデン公爵夫妻の結婚指輪だ。

「とても素晴らしいものだとわかっている。そのために王妃様が手を尽くされたことも。だが俺たちの結婚指輪なのだから、俺が用意したいんだ――」

クリフは、絞り出すような声で最後まで言い切った。

嘘をついている罪悪感。今更ながら他人の気遣いを軽んじていたことに、手が震える。

「まあ」

「君には物足りないかもしれないが、俺に新しい指輪を用意させてもらえないだろうか――！」

「奥様。お待たせいたしました」

ちょうどその時、指輪の入ったケースを持った侍女が戻ってきた。

宵闇《よいやみ》のような深い色をした天鵞絨《ビロード》が張られたケースは、高級感がある。

有名な宝飾店だけあって、留め金などの細部の細工も美しかった。

「ありがとう」

侍女を労ったリリエッタは、箱を開いて指輪を見つめた。

クリフの気持ちはわかった。

彼なりに色々と考えた結果なのだろう。多くの人からの心遣いを否定する行為なので、このように思い詰めた顔をしているのか。

素直だが、積極性に欠ける夫が、自主的に提案したことは喜ばしく思う。

だがそれとこれとは別だ。

公爵夫妻として、王妃の気遣いを身につけないという選択肢はない。

(それに何より、わたくしも気に入っているのよね)

決して派手なデザインではない。どちらかといえばシンプルなのだが、不思議と目が引き寄せられる。彫金師の噂は聞いたことがあったが、作品を目にしたのはこの指輪が初めてだった。

なるほどこれは人気が出るはずだ、と納得の出来だ。

「クリフ様、両方身につけてはいけませんか?」

「え——?」

「この指輪と重ねづけしても違和感のないデザインにいたしましょう」

リリエッタはくるりと箱の向きを変えて、クリフに指輪を見せた。

2人の指に合わせた指輪が、箱の中で仲良く並んでいる。

「リ、リリエッタ。それは……！」

「剣士の中には、指輪を邪魔に感じる方もいらっしゃるとお聞きします。またポケットに入れられて、万が一にも紛失されてはいけませんので、ついでに首から提げられるようなチェーンを作らせましょう」

言葉を失っているクリフにリリエッタは説明した。

「礼服のポケットに入っていた、と侍女長が持ってきたのです」

「そうだったのか……」

洗濯時に指輪を見つけた侍女長は、クリフではなくリリエッタの方に報告していた。

当然といえば、当然だ。指輪を雑に扱ったクリフの元に戻したら、同じことの繰り返しになりかねない。

「もう二度と雑な扱いをしないでくださいね」

満面の笑みだったが、その目はよく見れば笑っていない。

（全部バレてる——!?）

リリエッタは取り扱いに苦言を呈しただけなのだが、勘違いしたクリフは、紛失したと思い込んだところから全て白状したのだった。

「……クリフ様は、良い副官をお持ちですね」

新しい指輪を仕立てるアイディアが、クリフの考案でなかったことに、リリエッタはがっかりした。

(まあ、着実に成長していますし、今後に期待しましょう)

それにしても、謳《うた》い文句は満点だが、リリエッタを謀《はか》ろうとはいい度胸である。

話を聞く限り、副官のトレントとやらは小賢しそうな男だが、クリフを傀儡にするのではなく、彼の至らない部分を上手くフォローしているので、害はないと判断した。言葉巧みに、頭の固いところがあるクリフを誘導してみせた点は見事だ。

(このお礼はどこかでしないといけませんわね)

「ぶえっくし！　急に悪寒《おかん》が……風邪ひいたかな？」

恐ろしい奥様に目をつけられたトレントは、この先に何が待ち受けているかも知らずに、最北端の地で身を震わせた。

あとがき

お初にお目にかかります。茅と申します。

この度は本書をお手にとっていただき、ありがとうございます。

昨年電子書籍でデビューし、紙の本は今回が初めてなので私のことをご存じない方が大半だと思います。ご存じの方は、いつもありがとうございます。

本作は小説投稿サイトにあげた短編がベースになっていて、ほぼ書き下ろしです。サイトでは書籍の序盤にあたる部分が公開されていますが、二人の行く末にも軽く触れています。作品タイトルは同じなので、興味のある方は検索してみてください。無料ですので！

短編を先に読まれた方は、ネタ以外のなにものでもなかった子供の数に、別の意味を見出されたと思います。投稿した時点では完全にネタだったんですが、そういう何も考えずに書いた描写を利用するのが私のいつもの手口です。

さて、このような立派な本を出すに至った経緯は、エッセイとして投稿してしまったので、もうネタがありません。

なので一問一答でページを埋めたいと思います。別名・ツッコまれる前に言い訳するスタイル！

Q. 寒い地域、暑い地域あるあるはエアプ？
A. 北海道にも九州にも住んでいたので実体験です。食事中の虫だけは、全国共通なので演出です。ちなみに住民の気質については完全フィクションです。実在する地域とは無関係です。
Q. 収穫期とか雪を気にするなら、結婚式は夏にすれば良かったんじゃない？
A. 夏は社交シーズンなので、それが終わった直後にしました。

最後に謝辞を。

他にはないユニークな運営で、多くの作家にチャンスを与えてくださるツギクル様。

望外の情熱で本作に携わっていただいた担当編集者様。

素晴らしいイラストで、私のテンションをぶち上げていただいたペペロン先生。

小説投稿サイトで評価やブクマをして、書籍化の可能性を与えてくださった読者の方々。

物価高のご時世に、本書をご購入された貴方。

本当にありがとうございます。

願わくば、またお会いできますように。

茅

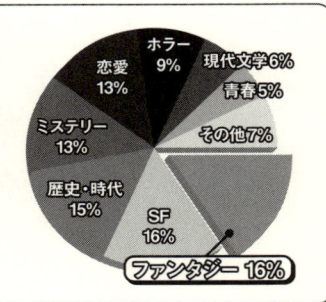

著：竜胆マサタカ
イラスト：東西

悪魔の剣で天使を喰らう

天使《せいぎ》すら喰らう、禁断《あくま》の力――。
運命に選ばれし少年が、
世界の真理を破壊する！

何故、天使は怪物の姿をしているのか？

カーマン・ラインすら遥か突き抜けた巨塔――『天獄』と名付けられたダンジョンが存在する現代。悪魔のチカラを宿す剣、すなわち『魔剣』を手にすることで、己の腕っぷし頼みに身を立てられるようになった時代。若者の多くが『魔剣士』に憧れる中、特に興味も抱かず、胡散臭い雇い主の元で日々アルバイトに励んでいた胡蝶ジンヤ。けれど皮肉にも、そんな彼はある日偶然魔剣を手に入れ、魔剣士の一人となる。天獄の怪物たちを倒し、そのチカラを奪い取り、魔剣と自分自身を高めて行くジンヤ。そうするうち、彼は少しずつ知って行くことになる。
己が魔剣の異質さと――怪物たちが、天使の名を冠する理由を。

定価1,430円（本体1,300円＋税10%）　ISBN978-4-8156-3143-7

ツギクルブックス
https://books.tugikuru.jp/

プライベートダンジョン
～田舎暮らしとダンジョン素材の酒と飯～
1～3
著：じゃがバター
イラスト：しの
シリーズ累計100万部突破！
『異世界に転移したら山の中だった。反動で強さよりも快適さを選びました。』の著者、じゃがバター氏の最新作！
鶏に牛、魚介類などダンジョンは食材の宝庫！
これぞ理想の田舎暮らし!?
ある日、家にダンジョンが出現。そこにいた聖獣に「ダンジョンに仇なす者を消し去るイレイサーの協力者になってほしい」とスカウトされる。
ダンジョンに仇なす者もイレイサーも割とどうでもいいが、
ドロップの傾向を選べるダンジョンは魅力的――。
これは、突然できた家のダンジョンを大いに利用しながら、
美味しい飯のために奮闘する男の物語。
1巻：定価1,320円（本体1,200円＋税10%）978-4-8156-2423-1
2巻：定価1,430円（本体1,300円＋税10%）978-4-8156-2773-7
3巻：定価1,430円（本体1,300円＋税10%）978-4-8156-3013-3
ツギクルブックス
https://books.tugikuru.jp/

時を戻った私は別の人生を歩みたい
著：まるねこ
イラスト：鳥飼やすゆき
二度目は自分の意思で生きていきます！

2025年5月、
最新19巻
発売予定！
もふもふを
知らなかったら
人生の半分は無駄
にしていた
1〜18
著／ひつじのはね
イラスト／戸部淑
冒険あり、癒しあり、笑いあり、涙あり
もふもふたちに囲まれた
異世界スローライフ！
魂の修復のために異世界に転生したユータ。異世界で再スタートすると、
ユータの素直で可愛らしい様子に周りの大人たちはメロメロ。おまけに妖精たちがやってきて、
魔法を教えてもらえることに。いろんなチートを身につけて、目指せ最強への道？？
いえいえ、目指すはもふもふたちと過ごす、穏やかで厳しい田舎ライフです！
転生少年ともふもふが織りなす
異世界ファンタジー、開幕！
1巻：定価1,320円（本体1,200円+税10%）978-4-8156-0334-2
2巻：定価1,320円（本体1,200円+税10%）978-4-8156-0351-9
3巻：定価1,320円（本体1,200円+税10%）978-4-8156-0357-1
4巻：定価1,320円（本体1,200円+税10%）978-4-8156-0584-1
5巻：定価1,320円（本体1,200円+税10%）978-4-8156-0585-8
6巻：定価1,320円（本体1,200円+税10%）978-4-8156-0696-1
7巻：定価1,320円（本体1,200円+税10%）978-4-8156-0845-3
8巻：定価1,320円（本体1,200円+税10%）978-4-8156-0864-4
9巻：定価1,320円（本体1,200円+税10%）978-4-8156-1065-4
10巻：定価1,320円（本体1,200円+税10%）978-4-8156-1066-1
11巻：定価1,320円（本体1,200円+税10%）978-4-8156-1570-3
12巻：定価1,320円（本体1,200円+税10%）978-4-8156-1571-0
13巻：定価1,320円（本体1,200円+税10%）978-4-8156-1819-3
14巻：定価1,320円（本体1,200円+税10%）978-4-8156-1985-5
15巻：定価1,320円（本体1,200円+税10%）978-4-8156-2269-5
16巻：定価1,320円（本体1,200円+税10%）978-4-8156-2270-1
17巻：定価1,540円（本体1,400円+税10%）978-4-8156-2785-0
18巻：定価1,430円（本体1,300円+税10%）978-4-8156-3086-7
ツギクルブックス
https://books.tugikuru.jp/

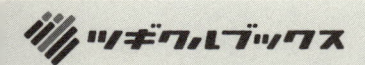

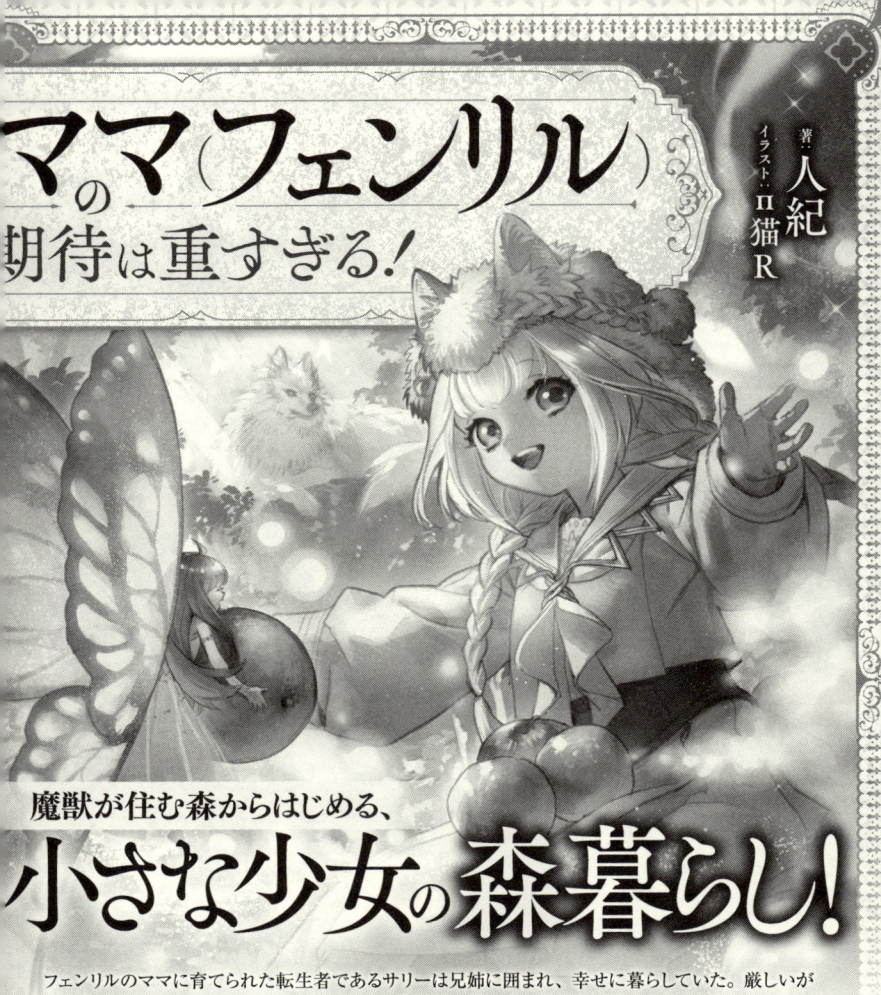

第4回ツギクル小説大賞
大賞受賞作
追放
悪役令嬢の旦那様
著／古森きり
イラスト／ゆき哉
1~9
謎持ち
悪役令嬢
規格外の旦那様と
辺境ライフはじめます!!!
「マンガPark」
（白泉社）で
©HAKUSENSHA
コミカライズ
好評連載中！

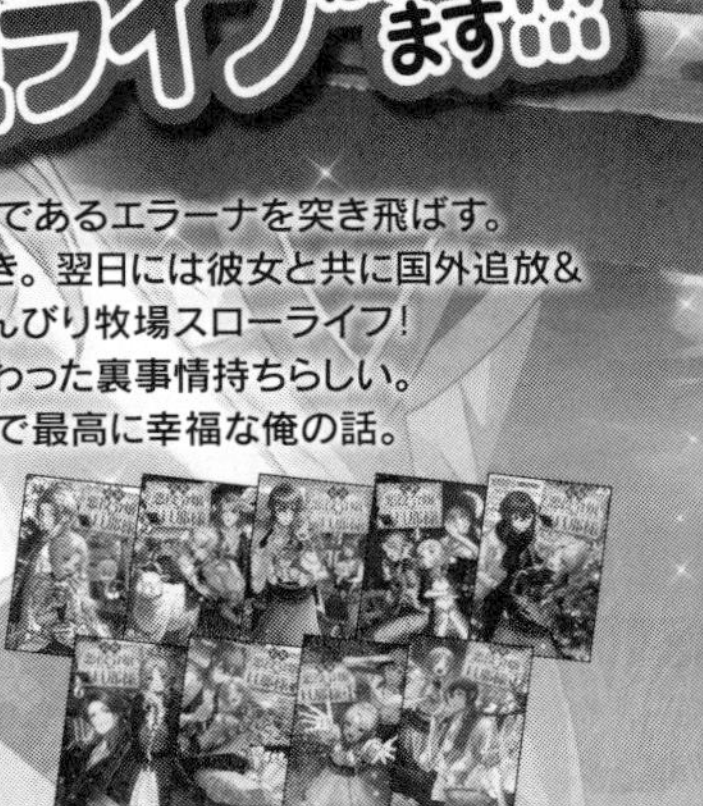

公爵夫人に相応しくないと離縁された私の話。
池中織奈
イラスト RAHWIA
私の武器は、
知識と魔力
王国で、私の存在を証明してみせます

転生幼女は教育したい!
～前世の知識で、異世界の社会常識を変えることにしました～
1～2
Ryoko　イラスト フェルネモ
5歳児だけど、
“魔法の真実”に気づいちゃった!
規格外な幼女が
異世界大改革!?
バイクに乗って旅をするかっこいい女性に憧れた女の子は、入念な旅の準備をしました。外国語を習い、太極拳を習い、バイクの免許をとり、茶道まで習い、貯めたお金を持って念願の旅に出ます。そして、辿り着いたのは、なぜか異世界。え、赤ちゃんになってる!?　言語チートは!?　魔力チートは!?
まわりの貴族の視線、怖いんですけど!!　言語と魔法を勉強して、側近も育てなきゃ……
まずは学校をつくって、領地を発展させて、
とにかく自分の立場を安定させます!!
前世で学んだ知識を駆使して、
異世界を変えていく転生幼女の物語、開幕です!
定価1,430円（本体1,300円＋税10%）　ISBN978-4-8156-2634-1
ツギクルブックス
https://books.tugikuru.jp/

愛読者アンケートに回答してカバーイラストをダウンロード！


愛読者アンケートや本書に関するご意見、茅先生、ペペロン先生へのファンレターは、下記のURLまたは右のQRコードよりアクセスしてください。

アンケートにご回答いただくとカバーイラストの画像データがダウンロードできますので、壁紙などでご使用ください。

https://books.tugikuru.jp/q/202501/oumeinoimi.html

本書は、「小説家になろう」（https://syosetu.com/）に掲載された作品を加筆・改稿のうえ書籍化したものです。

王命《おうめい》の意味《いみ》わかってます？

2025年1月25日　初版第1刷発行

著者　茅《ちがや》

発行人　宇草 亮
発行所　ツギクル株式会社
〒105-0001　東京都港区虎ノ門2-2-1
発売元　SBクリエイティブ株式会社
〒105-0001　東京都港区虎ノ門2-2-1

イラスト　ペペロン
装丁　株式会社エストール

印刷・製本　中央精版印刷株式会社

ISBN978-4-8156-3142-0
Printed in Japan